U0918918

LE CORPS COSMOS

身体·宇宙

身体在西方现当代诗歌中的形象

[法国] 米歇尔·高罗 著　朱江月 译

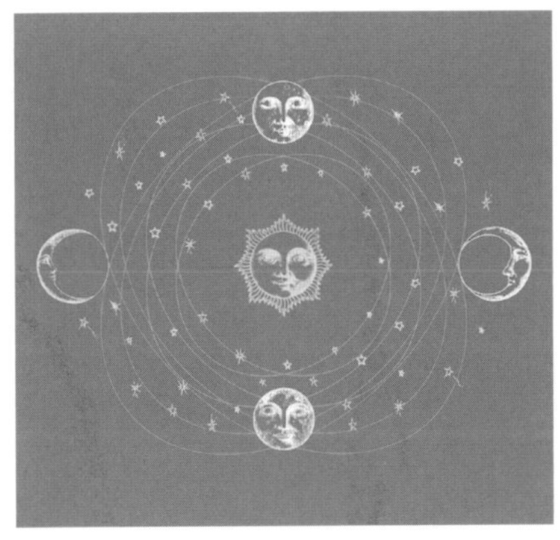

译林出版社

图书在版编目（CIP）数据

身体·宇宙 /（法）米歇尔·高罗著；朱江月译．—南京：译林出版社，2021.11
（名家文学讲坛 / 周宪主编）
ISBN 978-7-5447-8834-2

I.①身… II.①米… ②朱… III.①诗歌研究－法国－20世纪 IV.①I565.072

中国版本图书馆 CIP 数据核字（2021）第 177088 号

Le Corps cosmos by Michel Collot

著作权合同登记号 图字：10-2018-181 号

身体·宇宙 ［法国］米歇尔·高罗 / 著 朱江月 / 译

责任编辑 张 露
装帧设计 胡 苨
校 对 戴小娥
责任印制 单 莉

原文出版 La lettre volée, 2008
出版发行 译林出版社
地 址 南京市湖南路 1 号 A 楼
邮 箱 yilin@yilin.com
网 址 www.yilin.com
市场热线 025-86633278
排 版 南京展望文化发展有限公司
印 刷 江苏凤凰通达印刷有限公司
开 本 880 毫米 × 1230 毫米 1/32
印 张 5.75
插 页 2
版 次 2021 年 11 月第 1 版
印 次 2021 年 11 月第 1 次印刷
书 号 ISBN 978-7-5447-8834-2
定 价 48.00 元

主编的话

周 宪

自有了人，就有了文学。自有了文学，就有了关于文学的言说。自有了这些言说，人类文明的家园便多了一扇窗户。透过它，我们瞥见了大千世界。

口传文化时代，人们口口相传谈论文学；印刷文化时代，人们记录下自己的文学感言，付梓出版；今天的电子媒介文化时代，尽管文学这一古老的形式面临严峻挑战，但文学的话语仍作为不可多得的生存智慧，不断激发人们对自然的爱，对社会的关切，对人自身的洞察。

基于这一判断，我们策划了“名家文学讲坛”书系。

在一个实用主义和实利关怀甚嚣尘上的时期，被冷落了的文学涵养及其精神熏陶反倒变得异常重要了。此书系意在收罗国外知名思想家和学者的精彩篇什，展现文学思想的博大精深，由此开启一个通向人类精神家园的门径。此一讲坛吁请天下文学爱好者们齐聚那里，聆听各路方家坐而论道，发表有关文学的奇思妙想。

我想，此“讲坛”意义毋庸赘言。

作为主编，我诚邀各位读者带着自己的知识行囊上路，在绵延不绝的文字旅程中，去分享那妙不可言的文之悦！

2008 年岁末于古城南京

中文版序言

看到我的一部著作首次译成中文，我感到欣喜和荣幸。对此，我由衷感谢朱江月女士专心细致的工作和译林出版社热情慷慨的接待。译本在中国面世，我的感触尤为深切，因为中国的风景艺术，无论是诗歌还是绘画，长久以来一直都是我的灵感源泉。中国的一些诗艺将诗歌视为一种"面对世界时触发的情感"：这也是我本人一直以来的感受和体验，推动着我在阅读和写作中不断地探索这样的情感。

当我在1970年代开始研究工作时，一种受到形式主义和结构主义启发的诗学正主导着法国的文学批评和文学理论，这种诗学致力于研究一个封闭的文本内部的运转机制，而不考虑主体或外物在文本中的嵌入。然而对我而言，诗歌始终与地平线和情感相联结。这种情感来自与我的记忆同样遥远的远方：它是一种在世存在的惊奇感，世界环绕在我的四周，并且在世界清晰的显现中存在着一个谜题，即地平线之谜，它标志着不可见的肇始。我频繁地与这条似乎被大多数读者和批评家忽视的地平线相遇，因而从中预感到一种对我、对普遍的诗歌都尤为重要的关键因素。

其时我只不过怀有一种模糊的直觉，直至我发现了现象学，现象学将地平线树立为其哲学理论中的核心概念之一。得益于现象学，我在《绝妙的地平线》《现代诗歌和地平线结构》以及《物质-情感》这三部作品中发展了一种新的理论模式。在我的文论和诗歌（《混沌宇宙》《永动的恒定》《肉与气》）中，对语言进行的探究似乎与情感的运动密不可分，这样的情感把我带到我与世界相遇的地方。由此便形成了我在哲学、艺术和现代诗歌中对风景始终给予的重视（参见《风景与诗歌》，以及《思想-风景》）。风景总是关系着一个主体的视点，正如中国的画家和诗人所展现的那样，风景是一个外在和内在、现实和想象融为一体的空间。

然而，人正是通过身体而嵌入到风景中，并且参与到梅洛-庞蒂所命名的“世界之肉”中。我们的祖先先前只是将目光紧锁大地，局限在触手可及的周边环境里。垂直高度的征服让他们得以将目光投向天空和远方。从直立的人的纵向伸展和地平线的横向延长的交汇之处诞生了空间的定位，从此在天与地、高与低、前与后、左与右、近与远之间便产生了空间的架构。这个在人的身体与宇宙之间充满活力和象征意味的关系占据了东方和西方传统思想的核心，无论这个关系所反映的是微宇宙和宏宇宙的对应，还是这两个宇宙在同一股身体和精神的能量之流中的共融。对于现象学和生态学来说，这样的关系在如今特别具有一种当下意义，现象学在感性的体验中发现了一种进入意义的方式，而生态学则始终都在强调人与自然之间的关系。

人的身体与宇宙的关系在法国诗人的作品中有着突出的表现，这些法国诗人致力于“投入全部的身体来写作”，从而为一种以抽象而闻名的语言重新赋予了它最为实在的分量。在这部著作中，我从现代身体诗学的内部区分出了两种相互竞争的趋势：一种趋势将身体、文字与精神对立起来，另一种趋势则把身体视为物质与精神、意识与世界、能指与所指之间的交汇点。我在此所要阐明的正是这后一种趋势，而我的例证不仅涉及那些探索诗歌当代性的先驱（兰波、马拉美、瓦莱里、克洛岱尔）以及当代的一些重要诗人（安德烈·杜·布歇、贝尔纳·诺埃尔、罗朗·加斯帕），而且包括了我个人的写作实践。

我希望中国的读者们能够在现代西方身体研究方法和自己的文化之间寻找到共鸣，并且能够发现更多的法国诗人，其中有些诗人的作品在这部书中首次被译成中文。

目　录

引　言

诗歌于我，总与某种身体状态和精神状态相依存：在或优雅或粗俗的状态之中，身体已不再是完成语言与行动的听话而隐蔽的工具，我的身体突然间把我吸引。它没有把我支离破碎地引向外部世界，而是邀请我重归心源，那些由此心源而散发开来的离心运动实则构成了我们存在的常态。

但是向原点的回归绝不意味着倒退。对自我身体的重新觉醒，并未使我回溯到一颗静止而封闭的星球。我不仅重新在我的肉身中找回了我曾经在世界与思想的空间中探索的每一条道路、每一丝痕迹，而且还感受到了一股股邀我进入全新境域的紧张与冲动。这个生机勃勃的、震颤的微宇宙（microcosme）绝没有把我封闭起来，却向我启示了我对宏宇宙（macrocosme）的皈依。在最亲密的体感内核，我突然抓住了记忆，捕捉到了那些指引我结识他者、认知天地万物的情感源泉。

从这个万籁俱寂的世界升起了对话语的迫切呼唤，我寻找词语，为了表达那些寄居在话语中的无声无言的感觉。然而，这种小心翼翼的摸索首先在我的肉身最隐晦处开始，在它那精巧微妙的质料的千条褶皱间百转行进。那里，信息在循环流动，并在我的思想中开辟出一条条意料之外的道路；这种对感觉的探索还发生在我喉咙的空洞中，音弦的震颤引起神秘的搅动；它还发生在我的颚下，那里已然回响起了歌声。我兴奋的身体成了内部与外部、思想与感觉、文字与情感之间强烈而永无止境的交换之域。

身体是自我、世界和文字的交汇之处，因此，它成了诗歌的源泉、思想的锦囊。所以，我在此书中汇集了不同性质的文本，然而它们全部都阐明了身体在当代诗学与哲学中的中心地位。

身体是现代艺术备受青睐的对象。不论是在我们的大众文化还是先锋派文化中，对身体的崇拜早已成为共识。然而，在这种表面的认同背后，身体以迥异的方式启发着它的崇拜者们；这些方式所揭示的观点存在分歧，甚至大相径庭，因而导致了当代艺术创作和当代思潮走向了不同的发展道路。

第一种倾向将身体与精神对立，没有任何传统装饰的肉身不再同宇宙之间发生任何象征性的交换。另一种倾向则将身体视为精神与世界的中间人。我重读了一些建立“身体·宇宙”形象的重要作品，并尝试从中提取出一种“肉身化诗学”（poétique de l’incarnation）的特质与艺术倾向。这一诗学从现象学哲学所阐述的“肉身”（Chair）概念中，得到了宝贵的理论支撑，从而将身体与灵魂、自我与世界、文字与精神紧密结合起来，尽管当今众多诗歌创作与艺术实践倾向于将它们分离。

有一种**诗歌的体质**（physique du poème），它不排斥抒情，甚至也不拒绝形而上的叩问，而是将此二者嵌入主体的、世界的和词语的肉身。我希望追溯自己的若干首诗歌创作，以便去描述其中的活力。这不是作者的虚荣心或自恋主义作祟，而是为了把理论与实践对照观之。既然关乎诗歌创作既隐秘又独特的过程，那么避而不谈个人经验的教诲实在令人感到遗憾，即使最终的目的是为了得到一些更为普遍的可与世人共享的结论。

身体如同语言，是我们每一个人最为亲密的归属，同时也是最为公共的领域。我将以对“赤裸”的短篇颂词为此书作结。赤裸是一种典型的身体状态，既面向他者又面向世界开放；它并不像裸体者通常给人们的印象那样任由视觉侵犯，更不像许多当代影像那样热衷于表现施虐的暴力，而是在**厄帕福斯的启示之下**，传达出抚摸的温存和触感的微妙。

诗歌与触觉息息相关，在一个崇拜身体却又经常压迫它、折磨它、践踏它的社会里，肉身化的诗学所具有的不仅仅是审美的特质，更兼备道德和政治的意义。应该在结论部分重新审视这些问题，总结出身体所历经的诗学的、历史的、批评的、理论的和自传式的探索道路，这些路径揭示了身体的全部状态：被感觉与被重新感觉；书写与被书写；阅读与被阅读，抑或被重读。

第一部分
身体·宇宙

诠释身体的两种方式

如果我们的身体是与我们的意识相匹配的材料，那么，它就与我们的意识共同延展，领悟着我们所感知到的一切，直至通向遥远的星辰。

——亨利 · 柏格森[①]

长期以来，西方传统将身体与灵魂分离甚至对立起来，让肉体屈从于精神。然而，精神唯有摆脱基督教言成肉身[②]

① HENRI BERGSON, *Les Deux Sources de la morale et de la religion*, Paris, PUF, 1961, p. 274.

② 言成肉身（incarnation，又译“道成肉身”）实为基督教中的核心概念，但是以往的神学理论却没能从中持续地吸收那些被当代基督教思想普遍认可的结论。如今的基督教思想依据神以肉身形式降世成人的教义，把身体的全部尊严都还给了身体。[可参见《圣经 · 约翰福音》1.1：太初有言（又译“太初有道”），言与神同在，言就是神。……1.14：言成了肉身住在我们中间。——译注]

的桎梏和奴役，才能够在艺术、文学或宗教领域得到充分发展。这样的二分法和等级观念从现代以降便经常遭受质疑，直至19世纪末，身体在西方世界进行了一次猛烈的报复，针对身体的这次反击，查拉图斯特拉向那些“轻蔑者”这样总结道：“身体是完整的一切，而不是任何其他事物：灵魂只不过是一个字眼，用来指称身体中的某种东西。”①

为身体平反的行动深刻而持续地标志着艺术与文学的创作历程：20世纪的文学先锋派们为身体赋予了越来越多的主动性，无论是从未来主义到达达主义，还是从当代的身体写作到被称为**身体艺术**（Body Art）的行为艺术，都体现了这样的特点。行为艺术和身体写作试图挑唆身体去对抗精神，让身体独立地成为实践的原则和根据，这种实践坚定地打着物质主义的旗号，并且时常带有反叛意义。其中最为狂热的实践甚至偏离到了荒唐可笑的地步，或是走向了令人不安的极端；这些自称具有革命性的实践只不过照鉴了堕落粗鄙的现实，我们的社会时常让身体陷入此等境地，

---

① FRIEDRICH NIETZSCHE, *Ainsi parlait Zarathousatra*, trad. Maurice de Grandillac in *Œuvres philosophiques complètes*, t. 6, Paris, Gallimard, 1971, p. 45.

此时的身体可能是一个纯粹为了工作或满足享乐的工具，可能是一种应用于科学技术中的被实验甚至被操控的对象，可能是进行性交易或毒品交易的商品，还可能是人肉炸弹或人体导弹。

我们可以思考，这样一种“身体采取的立场”（parti pris du corps）是否真正摆脱了它宣称要推翻的唯心主义，还是只不过对唯心主义的从属关系进行了倒置而已；更富有成效的做法难道不是应该努力将被唯物主义与唯灵论分离的东西重新聚合，不再将肉体看作精神的对立面，而是把它当作一个创造和酝酿思想的场所？需要指出的是，对尼采来说，“身体是一种重要的理性”。[①]现象学所要努力阐释的，以及许多现代作家试图探索和挖掘的，正是这个潜藏在我们的身体印象和身体表达中的逻各斯。比如对普鲁斯特来说，“一些观念，比如光影、声音、立体感或肉欲的观念……是装点着我们内心世界的财富，我们的内在因此而丰富多彩”[②]。或者蓬热（Ponge）也曾说过，他始终在寻找“一种

① FRIEDRICH NIETZSCHE, *Ainsi parlait Zarathousatra*, trad. Maurice de Grandillac in *Œuvres philosophiques complètes*, t. 6, Paris, Gallimard, 1971, p. 45.

② MARCEL PROUST, *À la recherche du temps perdu*, t. 1, *Du côté de chez Swann*, Paris, Gallimard, «La Bibliothèque de la Poésie», 1987, p. 344.

不会将感性中途抛弃的理性”。[①]

身体地位的提升明显地呈现出文学现代性和艺术现代性的一个普遍特征；但是模糊之处依然存在，就像现代性本身也远非一个同质体一样，对身体的表达亦涵盖了种类繁多的实践，这些实践对应着许多相异的有时甚至是背道而驰的哲学观点。如今存在着不止一种思考身体、表达身体的方式。

考察身体在现代诗歌中的表现时，我们似乎可以在两种主要倾向之间识别出一道相当清晰的分水岭。第一种倾向自称将“现代性”表现得最为彻底，它把身体当作一种与诗歌传统预设的唯心主义彻底决裂的工具，因而让身体对抗灵魂，让文字对抗精神，并且把主体消解在一个匿名的不洁之躯中，以单个物体或者一组器官的形式浮夸地展现这个不洁净的身体。这种倾向通过对美、对自然和/或社会的拒斥，心甘情愿地与癫狂和淫秽同流合污。

我们可以在洛特雷阿蒙（Lautréamont）和雅里（Jarry）的作品中发现这第一种倾向的早期征兆；20世纪中叶，这种倾向在阿尔托（Artaud）和巴塔耶（Bataille）那里得到了

① FRANCIS PONGE, «La Nouvelle Araignée» in *Œuvres complètes*, t. 1, Paris, Gallimard, «La Bibliothèque de la Pléiade», 1999, p. 801.

强化，此后历经《如是》杂志的诗人们如德尼（Denis）或莫里斯·罗什（Maurice Roche）的传承，直至今日又在克里斯汀·皮让（Christian Prigent）等人的作品中得到了延续。皮让主办的刊物*TXT*在1988年第23期以“身体上的工程”为题介绍了一部让人大开眼界的诗集，以下的变移字母位置构词法（anagramme）彰显了这本诗集的主题及其全部内涵：“猪=身体”（PORCS=CORPS）。与此同时，一些强调音响效果的诗人，如亨利·肖邦（Henri Chopin），还通过一系列语言行为把自己的身体诗学搬上舞台，不假思索地让舌头、喉咙和所有与发音相关或不相关的括约肌如音素一般释放声响。一个逃脱了意识控制的身体虽然得到了解放，但是语言也被免除了产生意义的义务，缩减为一种更似吼叫而非话语的纯粹身体性的表达。

这些实践经常伴随着身体形象的四分五裂，那些供给局部冲动的身体碎块既独立自主，又相互交流，在这场肉体的狂欢中，身体最低贱的部位占据了最高贵的地位。尽管这种碎裂的身体形象看似完全延续了以狂欢或讽刺方式颠覆古典礼仪的传统，我却认为它是一种与社会规约更深刻、更彻底的断裂，这些规约在不久以前曾是社会、世界和主体三者统一性的保障。碎裂的身体形象还与“社会机构的隐喻”[1]对立，后者曾经长期为人们提供范式，用来思索和表达那种凝聚社会机构成员的团结性；然而，由于失去了“领袖”，失去了那个曾经在众人之上扫除一切离心势力的领头人，社会机构中的成员们从此分崩离析。这种身体的形象还更进一步地破坏了富于象征意义的通感，损害了通感在人体与被视为有序整体的宇宙之间建立的联结。它对曾经统治世界的社会秩序和神性秩序表现出彻底的决绝，并抛弃了人们曾经一致树立的那些美的典范。被肢解的身体再无宇宙性可言，亦不再具有审美性：它完全沦为污秽之物。

这样的身体形象当然也很可能就此成为一种新的审美象征，它否定古典时期所推崇的统一与和谐，转而对多样化、异质性和碎片性进行赞美。但是，此番探索在产生了某种现代审美形式的同时，时至今日被越来越多地与对丑的崇拜、对堕落和颓废的持续追捧混为一谈。身体的支离破碎由于直接冲击了身份认同的根基，不可避免地会引发精神焦虑。此外，它还会导致个体倒退到心理生命最原始的

① 参见JUDITH SCHLANGER的著作，*Les Métaphores de l'organisme*, Paris, Vrin, 1971。

阶段，那时的自我不具有完整性，四分五裂的个体因而顶着陷入精神错乱的风险，只有用腐化堕落，用当代舞台恣意纵容的这些行为把自己全副武装起来，才能够逃脱可能发生的精神劫难。

如今，一切艺术家和作家都应当正视这种预示着文明危机的身体分裂，但是也不排除其中一些人情愿逃避自我，一味缅怀那不复存在的统一性。然而，与其在身体的肢解中自鸣得意，或者将这种困境推向极端，作家和艺术家们可以实施反抗，并且尝试进行补救的工作。正是在这个意义上，才出现了一种完全不同的身体审美倾向，它不满足于仅仅将唯心主义传统中的从属对象颠倒位置，而是尽可能地去超越建立了这种传统的二元对立，努力让身体成为沟通物质与精神、主体与世界的纽带。

作为对20世纪遗留下来的悲剧性创伤的回应，第二次世界大战结束后，在弗朗西斯·蓬热的倡导下，一些艺术家感到自己有可能并且有义务对一个支离破碎的世界和四分五裂的身体“进行修复”；现如今，似乎越来越多的艺术家正在尝试重新恢复那些散落的肢体和器官之间的联系，重新编织将它们与世界之肉相结合的纽带。风景就是其中一个重建了身体与宇宙统一体的典型场所。尤其对于那些参与了地景艺术（Land Art）或者从中受到启发的艺术家来说更是如此，比如汉密斯・伏尔顿（Hamish Fulton）和理查德・朗（Richard Long）选择徒步行走，吉塞普・佩诺内（Giuseppe Penone）和查理・西蒙斯（Charles Simonds）选择用某种行动来拥抱风景的空间。

吉塞普・佩诺内最初的行动是将自己的身体痕迹印刻在故乡的森林里。照片上的他紧紧地抱住一棵树的树干，之后他"用一张勾勒出他的身体轮廓的铁丝网勒紧"树干。于是"这棵树将会记住接触的感觉"："它（将）贴合着人体的形状"而生长，从此，人便融入了风景中。另一张照片为我们展示了"正抓住一棵幼年树的艺术家之手"。"为了定格这个紧握的瞬间"，佩诺内"以自己的手的形状制作了一件青铜模具，并把它固定在树干中"。这只与源身体切断联系的手在若干年之后已经嵌入了树木的肉体之中，这棵树"在手以外的地方持续地生长"。①

① 我在引号部分引述了这两个艺术行为的标题以及蓬皮杜中心展览现场的评论。蓬皮杜中心于2004年举办了艺术家作品的回顾展。(照片请见CATHERINE GRENIER, *Giuseppe Penone*, Paris, Centre Pompidu, 2004。)

在1973年的一部名为《风景身体居所》(*Landscape Body Dwelling*)的影片中，雕塑家查理·西蒙斯“赤身裸体地平躺在地面上，把全身盖满泥土和沙子，让自己变成风景，而他在这个风景之上建起了一幢幢贴合身体-土地轮廓的住宅模型”。批评家约翰·比尔兹利(John Beardsley)对这个充满象征意义的行为评论道：“尽管不可能真正地与土地结合，但是，这个私密性的仪式中体现的融合身体、风景和建筑的尝试始终奠定着西蒙斯作品的根基。”①

在身体和宇宙之间建立新的联姻，这样的探索还涉及许多其他的艺术表现形式：绘画、雕塑、影视或家居艺术。近期的一场名为“人-风景”的展览因而能够将一系列当代艺术作品与文艺复兴时期的人形风景进行比照。比如，此次展览的画册封面就印制了一张中国艺术家黄岩的摄影作品，他让人直接在自己的皮肤上绘制了一幅带有中国山水画风格的传统风景画。②

当代诗歌中的这种倾向本身也提出了一个**身体·宇宙**

① JOHN BEARDSLEY, «On the Loose with the Little People: A Geography of Simond's Art», traduit et cité par Daniel Abadie in *Charles Simonds*, Paris, Jeu de Paume/RMN, 1994, p. 43.

② 参见*L'Homme-paysage, Visions artistiques du paysage anthropomorphe entre le XVI*[e] *et le XX*[e] *siècle*, catalogue de l'exposition du Palais des Beaux-Arts de Lillie, Paris, Somogy, 2006。

的形象,在这个形象中,精神被嵌入一个既是主体的也是世界的和文字的肉身中。这一肉身化的诗学[①]尽管与先锋派那些招摇炫目的主张相距甚远,但是在今日同它的对手一样充满活力:例如,1996年《研讨会》(*Conférences*)杂志便将其中一期献给了"身体之美"的主题,并且刊登了多张克洛德·格朗什(Claude Garache)创作的精美绝伦的裸体画。肉身化的诗学体现了另一种现代性,它较少地考虑与传统决裂的问题,而更加关注如何让传统重拾活力:它尤其与现象学立志将身体与精神融合而对肉身化理论进行的革新不谋而合。我将在此提出一个假说:有一种同源的运动,它不仅主宰了肉身(Chair)[②]思想的诞生,尤以胡塞尔和海德格尔的学说为佐证,而且诱发了一种新的身体诗学的出现,后者的蓬勃发展始于兰波,历经马拉美、克洛岱尔、瓦莱里、阿尔托和超现实主义,时至今日则体现在罗朗·加斯帕(Lorand Gaspar)和贝尔纳·诺埃尔(Bernard Noël)的诗

---

① 鉴于"言成肉身"(incarnation)的译法及其最初的宗教含义,本书中将poétique de l'incarnation统一译为"肉身化的诗学"。——译注

② Chair是梅洛-庞蒂现象学中的重要概念,本书选取了现存中译本的译法,在涉及现象学哲学的语境时将其译作"肉身"。当Chair一词出现在诗歌作品或某些诗人的论述中时,由于并非一定影射具体的哲学著作或思想,所以多译作"肉体"或"肉",以还原词语本义,保留其诗意色彩。——译注

作中。在本书中我将着重以这后两位诗人的作品为例来阐明我的论点。

毋庸置疑,这道分割了当代诗歌图景的分水岭不仅提供了两种诠释身体的方式,而且穿越了某些作品的内部空间。正如我们即将在兰波、阿尔托或贝尔纳·诺埃尔的诗歌中看到的那样,他们的作品蕴藏着一种内在的张力,一面着迷于支离破碎的快感,一面又对统一性心向往之。我将依次探讨三个问题,我认为这三个问题正处于这场哲学和诗学辩论的核心:它们涉及肉体与精神、身体与世界、词语与意义之间的关系。我将努力呈现出肉身化的思想和诗学如何弥补了这三组关系之间的断裂,而先锋派艺术家们则在颠覆等级秩序的同时让这种断裂局面恶化。

论身体-精神

曾经，在很长一段时间里，身体是诗歌中的禁忌，除非身体象征了某种精神层面的存在：譬如“美的理念”、天主教，或者哲学意义上的大宇宙。抒情诗只为经过了神秘主义或美学洗礼之后的崇高之躯留有一席之地；与器官、肉欲和性有关的一切，除了在淫诗中以外，几乎难觅踪影。为了抵制这种诗歌传统中的唯心主义，现代诗人们污损了身体上的黄金徽章，力图最终揭开那些几乎一直以来都藏匿在滑稽荒谬的装饰背后的东西：除了最淫秽的赤裸之躯以外，还包括肉体的私密处以及器官的内部。这种对身体物质性的展示厌弃一切精神上的诉求，如爱、荣耀或美，在兰波的成名作《海中升起的维纳斯》中，这些精神的理念都变成了被嘲讽的对象：“肛门上长着一块脓疮的丑陋至极的美人儿。”[①]对于这个叛逆少年来说，这么做是为了将诗歌的价值等级颠倒乾坤，让低比高、丑比美、粗俗比崇高更高贵。

尽管很多当代诗人仍然将这场青春期的反叛当作诗歌革命的最高发展阶段，将《诅咒诗画集》当作代表现代性的粗俗文学版的圣经，但是对我而言，兰波身上更值得关注、更深刻地体现了创新性的地方在于他开辟了身体诗学的另一番完全不同的天地；他不再意图用肉体取代精神，而是把肉身化看作一种精神重生的条件和手段。在《通灵者信札》中，兰波对现代诗歌和思想提出了一种全新的对意识的**定义**（cogito）：主体不再在透明如镜的自反性意识（“我思故我在”）中定义自身的同一性和内在性，而是在一种与他者和外部世界的关联中建立对自我的意识：“我是他者”，“我见证着我思想的孵化”。[②]但是，如果说兰波直觉到有一个亲密的他者寄居在自我认同意识的内核，有另一个人进入了言与思的行动当中，那么这种直觉是通过对身体的体认，通过把身体看作一切话语和思想的寄居地而获得的。

---

① ARTHUR RIMBAUD, *Œuvres complètes*, Paris, Gallimard, «La Bibliothèque de la Pléiade», 1972, p. 22.

② ARTHUR RIMBAUD, Lettre à Paul Demeny (15 mai 1871) in *Œuvres complètes, op. cit.*, p. 250.

“我思(je pense):这是错误的说法。应该说:他人思我(on me pense)。请原谅我的文字游戏。”[①]基于同音异义字penser(思考)和panser(包扎)的这个文字游戏是兰波在维克多·雨果的小说《笑面人》中读到的,这种说法拉近了沉思者的主动性和病人的消极性之间的距离。雨果的小说中有一位主人公既是哲人又是医生,他信奉一句箴言:“我思考,我包扎。”[②]这句话的灵感来自伏尔泰转述的路易十五的一句名言。雨果的小说又启发兰波想到了另一个由于身体变形而导致精神变质的情形:“这会让灵魂变得极其可怕:可怕得像comprachicos[③]一样!想想看吧,一个人在自己脸上种满瘊子该是什么样子。”[④]为了“耕耘灵魂”,为了向自身背负的陌生者敞开自我,诗人应该投身于一种“长期地、广泛地、有意识地打乱一切感觉的错轨(dérèglement de tous les sens)”。[⑤]对“sens”一词的双重

---

① ARTHUR RIMBAUD, Lettre à Georges Izambard (13 mai 1871) in *Œuvres complètes, op. cit.,* p. 249.

② 参见维克多·雨果,《笑面人》(1869) 第三卷,第二章“露天演讲”。——译注

③ comprachicos,取自雨果小说《笑面人》(1869)。这是雨果自创的一个复合词语,拼合了西班牙语comprar (买) 和chicos (儿童),指买卖儿童,并将他们制作成“玩具人”用以取乐的儿童贩子。——译注

④ ARTHUR RMBAUD, Lettre à Paul Demeny, *loc. cit.*, p. 251.

⑤ 出处同上。

释义[①]恰使感性体验成了酝酿和耕耘意义的场所。波德莱尔已经唱响了“精神与感觉的传导(transport)”;受到鼓舞的兰波则渴望“同时在灵魂和身体中获得真理”。[②]

肉身化的诗学将精神与身体亲密地结合在一起,而不是去拆散它们,更不是让其中一方去对抗另一方;许多探索现代性的先驱都提出了这样的诗学主张,他们之中也不乏一些通常被视为唯灵主义或唯理主义的诗人。马拉美就在1867年5月的一封书信中对勒菲布尔(Lefébure)写道:“要想真正地成为人,成为会思想的自然[③],就必须动用全副身体进行思考,这样才会产生一种完满而和谐的思想,就如同小提琴的琴弦一经拨动,便立即与空荡的琴箱一齐震颤。”[④]瓦莱里与马拉美不谋而合,他提出让自己“投入全部身体来写作”[⑤],并且努力在诗歌中表现“意识的生理感情”。[⑥]

---

① sens在法语中既有“感觉”又有“意义”之意。——译注

② ARTHUR RIMBAUD, «Adieu», *Une saison en enfer* in *Œuvres complètes, op. cit.*, p. 117.

③ 马拉美此处的“自然”影射帕斯卡尔在其《思想录》中的名言:“人只不过是一棵苇草,是自然界最脆弱的东西,但他是一棵能思想的苇草。”——译注

④ STÉPHANE MALLARMÉ, *Correspondance*, t. 1, Paris, Gallimard, 1959, lettre CXXIII, p. 249.

⑤ PAUL VALÉRY, *Cahiers*, Paris, CNRS, 1957–1961, t. 27, p. 161.

⑥ PAUL VALÉRY, *Cahiers, op. cit.*, t. 20, p. 250.

人们通过直觉与体验来感知身体生命和意识生命之间的相互依存，而现象学则通过建立“肉身”的概念力求厘清二者之间的关联。在胡塞尔的学说中，肉身是指被体验的、主体性的身体（Leib），与其相对立的是物理性的、客观性的躯体（Körper）[①]。不同于笛卡尔的**我思故我在**，胡塞尔**对意识的定义**是立即嵌入肉体中的；在知觉的过程中，自我的意识与身体的意识密不可分，后者（身体的意识）“通过一种反思（réflexion）而与知觉者本人建立联系”。[②]心理学和心理生理学证实了身体与心灵间的互动，梅洛-庞蒂在自己的思考中融入了这些学科的研究成果，因而将肉身的概念扩展到了美学领域。他发现艺术和文学作品把一种“根本性的思想”嵌入词语、形式和颜色的“精致的肉体”中进行表达；比如他在普鲁斯特的作品中就观察到“一种关乎体验的精确的理想形式正存在于对肉身的体验中”。[③]

在我看来，“肉身”的概念经过梅洛-庞蒂更为清晰的

① 参见DIDIER FRANCK, *Chair et corps*, Paris, Minuit, 1984。

② EDMUND HUSSERL, *Méditations cartésiennes*, t. 5, § 44, trad. Gabirelle Peiffer et Emmanuel Levinas, Paris, 1966, p. 81.

③ MAURICE MERLEAU-PONTY, *Le Visible et l'Invisible*, Paris, Gallimard, 1964, p. 197.

阐释之后，得以鲜明地展现出身体如何在现代意义上重新定义了主体和诗歌语言。然而，创作早期的阿尔托却通过另一个相近的概念来表达和阐释他对诗歌和戏剧语言的探索，他要找到一种让身体和精神亲密结合的语言。他在《戏剧及其重影》中写道："我们不会把身体与精神分开"，"正是通过皮肤，人们才能够让形而上学重返精神的领域"。[①]由于阿尔托经常在日常生活中体验到灵魂与身体的分离之痛，他才更强烈地渴望重新把它们融合在一起；他把肉体称作灵魂与身体的和解：

> 我想象有这样一个系统，整个人类都将参与其中，人们在这个系统中投入自己的实在肉体以及精神投射的卓越智性。……
>
> 这些尚未表达出来的力量纠缠着我，有朝一日，我要用理性迎接它们，它们届时将会取代那些高高在上的思想；嘶喊是这些力量的外部形式。智性的嘶喊，是从骨髓"精深处"发出的吼叫。它们正是我口中所

① ANTONIN ARTAUD, «Le Théâtre et son double» in *Œuvres complètes*, t. 4, Paris, Gallimard, 1964, p. 104 et 118.

谓的“肉体”。我不会将我的思想从我的生命中抽离。伴随着每一次舌尖的震颤，我都会在我的肉体中重新为我的思想开辟出全部的道路。

人只有被剥夺了生命，失去了存在的痛感和神经意识的完整性之后才会明白，一切思想中的意义与科学，是怎样深藏在充溢着神经活力的骨髓中的，那些过激地强调理性和绝对智性的人到底犯下了多么严重的过失。最重要的，是神经系统的完整性。它囊括了全部的意识，以及精神在肉体中穿过的一条条玄奥隐秘的隧道。①

阿尔托在与里维埃尔②的通信中提及的“恐怖的人格分裂”从**相反的**方向印证了身体对精神生活的贡献，特别是身体在建构现实以及语言表达中发挥的作用。如果切断了意识与身体之间的生命联系，那么整个世界和一切语言都将因为脱离了肉体而丧失全部的意义和质感：

① ANTONIN ARTAUD, «Position de la chair» in *L'Ombilic des limbes*, Paris, Gallimard, «Poésie», 1997, p. 189–190.

② 雅克·里维埃尔 (Jacques Rivière)，曾任新法兰西杂志的主编。——译注

现在，我们需要来谈谈现实生活中的去身体化问题（décorporisation），谈谈这种断裂的形式，可以说，这道不断加深的鸿沟让物体越来越难以唤起我们精神上的感觉……

物体从此再无气味，再无性别。但是这些物体也恰恰因为失去了感情色彩而时常找不到逻辑的秩序。词语在大脑无意识的召唤下逐渐腐烂，无论精神活动是怎样的，所有词语，特别是那些通常最能触动精神活力、最能引起精神悸动的词语，无一能逃脱腐烂的下场。①

在一具变成木乃伊的躯壳中，在一个陷入混沌的世界里，思想和语言都死一般地凝固了：

这肉体再也不会在生命中相互触碰，
这舌头再也无法越过它的表皮，
这喉咙再也不经过声音的路径，
这手忘记的何止是抓取的动作，连完成抓取的空

① ANTONIN ARTAUD, «Description d'un état physique» in *L'Ombilic des limbes, op. cit.*, p. 63.

间都再也无法定夺，

这大脑，终于它的沟回不再能固着观念，

所有这一切，把新鲜的肉做成了我的干尸，为上帝送去一个虚空的观念，出生的必然把我投放在这里。……

我不是活生生的存在，因为我的肉已被屠戮，残缺不全，再也无法喂养我的思想。……

智性再无一滴血。①

在我看来，阿尔托的这些文字证实了梅洛-庞蒂哲学分析的有效性，与此同时却也显示出他的理论对于研究另一种身体诗学的局限性：后者指引阿尔托写下了那些收录在《罗德兹笔记》中的疯言呓语。②阿尔托曾痛苦地体验和忍受身体与精神的分裂，直至发狂的境地。他想把这种分裂确立为一种诗歌的原则，即不再试图补救身体、思想、世界和语言的支离破碎，而是把这种状态反转成一个散播意义、制造能指的积极性原则。这种诗学理念一度被当代先锋派

① ANTONIN ARTAUD, «Correspondance de la momie» in *L'Ombilic des limbes, op. cit.*, p. 223.

② 阿尔托曾于1937年至1947年被关进罗德兹 (Rodez) 疯人院。——译注

诗人奉为圭臬，调动起一个污秽、陈旧而且时常与粪便联系在一起的身体的形象。阐释他的这些作品大概会让现象学家为难；只有善于聆听的精神分析师才能领会其中若干可供联想的线索，就此勉强编纂出一个意义。坦诚地说，在我看来这个意义实在太过贫瘠，远不如阿尔托早期作品中那些大胆的思想和坚实有力的笔法，亦与后罗德兹时代的那些晚期作品相去甚远。

在罗德兹疯人院度过的那段日子里，阿尔托嘶吼着“精神的便池”，从肛欲期的种种倒退表现中获取一切反抗智性专制的手段。除了这段时期以外，阿尔托在之前和之后都开辟了另一条全新的道路。哲学和艺术的辩论总是令人陷入唯心主义和唯物主义的虚假交替中，裹足不前，而阿尔托成功地跳脱出来，通过建立“肉体”的思想而终结了乏善可陈的二元论。作为诗人和哲学家的雅克·加勒利清楚地看到，阿尔托作品中的这个侧面与梅洛-庞蒂的思想不谋而合。在《阿尔托与地点问题》中，他特别指出身体在建立“生成思想的地点”（lieu pensant）[①]时所发挥的核心作用。

① 参见JACQUES GARELLI, *Artaud et la question du lieu. Essai sur le théâtre et la poésie d'Artaud*, Paris, José Corti, 1982。

以阿尔托的作品及其提出的身体形象为范本，阿尔托的后继者们分化为两派。他的作品不仅激励了一批偏爱噪声和畸形词汇的作者，例如在《阿尔托·兰布尔》(*Artaud Rimbur*)[①]中行文粗俗的让-皮埃尔·维尔让，同时也启迪了那些更加关心和谐性和统一性的诗人。罗朗·加斯帕是这后一类诗人的代表，他继承了阿尔托关于肉体的主张，[②]从中发现了一种肉身化的思想和肉身化的诗学表达，他认为这种主张与同时代诗人所提倡的抽象艺术和形式主义相对立，因为后者“致力于去物质化，意图清除一切关于身体的表达，梦想找到那些脱离整个可以触摸感知的宇宙而存在的自给自足的形式”。[③]作为一名医生，加斯帕凭借自己的亲身体验领悟到身体生命和精神生命之间的紧密依存，而诸如斯宾诺莎的一元论和连续性哲学的教诲恰恰印证了他的观点：“我们的身体-精神从某些现实中的(我们可以感知的)变化起始，构造了那些我们称之为情感和艺术所再现的人性事实，我们的身体-精神在现实中编织并且由现实

---

① JEAN-PIERRE VERHEGGEN, *Artaud Rimbur*, Paris, La Différence, 1990.

② 参见LORAND GASPAR, *Approche de la parole*, Paris, Gallimard, 1978, p. 96。

③ 同上书，p. 79。

而产生，我无法想象那些人性事实会外在于这种现实”。[1]从“物质的深情”到最为抽象的思想，加斯帕设想在这之中存在着一种隐秘的连续性：“感性的身体及其真挚的情感并不排斥思想，甚至对于进入思想而言是必不可少的。”[2]

诗人直觉到在物质与精神之间存在着一种连续性，我认为这种直觉最可靠的基础就存在于我们的知觉体验(perception)中，知觉体验在每一个瞬间都印证了身体将感性体验转化为意义的能力：

> 我们的各种知觉仿佛是从周遭现实中提取的音乐，它们赋予这个现实全新的意义和形式。这些形式之间缠绕着十分复杂的辩证关系，它们相互交错，相互排斥，相互融合，相互创造，相互摧毁。……光的属性是目光之句中的动词。这时，作为主体的目光突然出现，从已经如此古老的物质中抽出了一曲新的旋律。[3]

---

① LORAND GASPAR, *Apprentissage*, Paris, François-Mari Deyrolle, 1994, p. 28.

② 同上书，p. 131。

③ LORAND GASPAR, *Approche de la parole, op. cit.*, p. 108.

视觉的现象学揭示了那条让"身体-精神"与外部世界紧密相连的纽带:"我睁开一只眼:内与外连成一片……大地与目光焊接在同一运动中,传递着震颤的律动。"①但是,作为诗人兼外科医生的加斯帕凭借触觉进入了"肉体的洞见"②之中,从而能够与世界和他人建立起亲密无间的联系:

那么多精神在手指中
在触觉寂静无声的深渊里
采摘于物与身体之上③

作为一种肉体与精神无法分离的认知原则,这种触觉的感知方式可以延伸到整个宇宙世界:

碎石们在颤抖
碎石们在欢笑
在惊涛骇浪中彼此拥挤

① LORAND GASPAR, *Feuilles d'observation*, Paris, Gallimard, 1986, p. 171.
② LORAND GASPAR, *Gisements*, Paris, Flammarion, 1968, p. 30.
③ LORAND GASPAR, *La Maison près de la mer*, Lausanne, Pierre-Alain Pingoud, 1992, p. 32.

相互磨挫，挨得更紧
在我的口袋中叮当作响
在我的手指间辨识彼此
这思想，我能够
聆听和触碰①

① LORAND GASPAR, *La Maison près de la mer*, Lausanne, Pierre-Alain Pingoud, 1992, p. 42.

世界之肉

身体与世界的关系曾经长期地稳定在一种通感系统中，来自神秘主义或神学启示的各种象征性通感让微宇宙成了宏宇宙的映象。由同一圣言所创造的身体与世界是宇宙之书中秘密符号的携带者，诗人的任务便是揭秘或阐释这些符号，但是诗人不需要创造甚至也无须体验它们。当这种世间的普遍通感遭受现代性的质疑之后，身体又陷入了孤独的境遇，比如马拉美笔下的女子爱罗狄亚德(Hérodiade)，她那冷若冰霜的贞洁就象征了这种孤独。这个身躯被紧锁在迷恋她清冷荒凉之美的凝视中，昭示着一种与物隔绝的诗学(une poétique intransitive)，诗篇中的文字切断了与外部世界的一切交流，以便在镜中孤芳自赏，不再向外界敞开任何一扇窗户。[1]爱罗狄亚德对乳母的请求便体现了这一点：

……请把百叶窗关紧
幽深的玻璃里天使般的太空笑微微
可我，我恨这美丽的蓝天！[2]

很多当代诗人后来又全心接受了马拉美“隔绝语言”(isolement de la parole)的雄心壮志，从而倾向于切断诗歌实体与外部世界的一切联系。因此，克里斯汀·皮让借助索绪尔和拉康的思想，借助他们通过语言所建立的象征性的断裂，[3]把写作当成了“自然的谬误”和一种与世界的彻底决裂：“写作，就是弃绝世界。”[4]他揭穿了人们与世界融合的梦想不过是一场幻觉，在他看来，这样的梦想正是浪漫

---

① 参见JOHN E. JACKSON, *Le corps amoureux*, Neuchâtel, À la Baconnière, 1986。

② STÉPHANE MALLARMÉ, «Hérodiade. Scène», in *Œuvres complètes*, t. 1, Paris, Gallimard, «La Bibliothèque de la Pléiade», 1998, p. 22.（译文选自《多情的散步：法国象征诗选》，飞白、小跃译，中国文联出版公司，1992年版，第283页。——译注）

③ “言说的语言 (parlant) 是一个出发者。说话，就是出发，就是舍弃 (dé-partir)。一旦主体发话，他便会失去与世界的默契，失去对自我的认同。”(CHRISTIAN PRIGENT, *Une Erreur de la nature*, Paris, POL, 1996, p. 114.)

④ 同上书，p. 86。

的抒情主义的基石:"种种幻想,身心的融合,黄金时代的回归,人与世界的和解,失落的灵魂重归自然母亲的怀抱,这一切都纠缠着那些或多或少继承了浪漫主义传统的诗人们,造就了他们那些微不足道的形而上学。"[1]

皮让意识到,现如今人与世界的关系更多地是倚赖身体而非通过精神建立的,对于肉身化的诗学,他同样报以批评的态度;他把自我身体[2]孤立在象征性的围墙中,意味深长地援引拉康和他的镜像理论:

> 我们当然可以说,身体是指那个让世界在我们身上显现的事物:通过身体,真实突然间以强烈可感的形式进入我们的体验之中。……
>
> 但是,一个生命体若要获得实在的形体,就必须让自己脱离未分化的状态。……
>
> 我的身体(我的整个身体),我只是在镜子里观察它

---

① CHRISTIAN PRIGENT, *Une Erreur de la nature*, Paris, POL, 1996, p. 84.

② "自我身体" (corps propre) , 又译作"本己身体""自身"等。它是来自梅洛-庞蒂的一个概念,是指观察者本人自己的身体,即第一人称视角下主体直接体验到的现象身体;"自我身体"有别于"对象身体"或"客观身体" (corps objet) , 后者是指可供他人或第三人称视角进行外部观察的身体。——译注

（理解它），也就是说我与它之间隔着表象（représentation）与象征的距离。正是这个距离才使我的身体成形，让它成为“我”与“世界”构建和分离的场所。

身体不是我们胶着状态的名字，而是我们分离状态的名字。身体不是混沌地沉湎在与世界的友好关系中的肉体。[①]

与这种分离的思想和美学相对立的是一种肉身化的现象学和诗学，它们让身体成为我们与世界联结的纽带。如果说意识可以被定义为“在世存在”，那么这其中包含着两层意思：意识不仅仅存在于世，而且还是世界的参与者（partie prenante）。在这样的关系中，“身体是世界的组成部分”；在胡塞尔看来，正是“意识的身体性”（corporéité de la conscience）才让意识有可能“参与由它所构成的世界中”。[②]梅洛-庞蒂发现，触觉的可逆性提供了一个典型的例证，显明了肉身化的意识在世界中的归属。在触觉的可逆性中，

① CHRISTIAN PRIGENT, *Une Erreur de la nature*, Paris, POL, 1996, p. 195–197.

② EMMANUEL LÉVINAS, *En découvrant l'existence avec Husserl et Heidegger*, Paris, Vrin, 1982, p. 156.

自我身体既是主体又是客体，既是触摸者也是被触摸者。“身体的自反关系”“让身体成为我与物之间的纽带”，[①]成了它所在的那个世界的核心：

> 自我身体在世界中的地位就好比心脏在人体中的地位……身体与世界组成了一个系统……物与世界通过我身体中的各个部分传递给我……与我形成一种充满生命力的联结，就好比我体内各个部位的接合，或者说与之无异。[②]

从此，梅洛-庞蒂可以不加区别地说：“我的身体由与世界相同的肉组成”[③]，“世界由与我的身体相同的材料建构”[④]。正因为我们都从属于同一块肉，即世界之肉，我才能够与他者交流；后者“作为这种共在（comprésence）的延续向我显

① MAURICE MERLEAU-PONTY, «Le Philosophe et son ombre» in *Signes*, Paris, Gallimard 1960, p. 212–213.

② MAURICE MERLEAU-PONTY, *Phénoménologie de la perception*, Paris, Gallimard, 1945, p. 272.

③ MAURICE MERLEAU-PONTY, *Le Visible et l'Invisible, op. cit.*, p. 303.

④ MAURICE MERLEAU-PONTY, *L'Œil et l'Esprit*, Paris, Gallimard, «Folio/Essais», 1985, p. 18–19.

现，我与他仿佛是同一个身体间性（intercorporéité）中的不同器官”[①]。由于身体是“一切客体共用的材料”，它才可以为这些客体赋予意义：“身体是这样一个奇怪之物，它把自己的各个部分当作世界的普遍符号来使用，因此，借助身体，我们可以经常往来于这个世界，‘理解’它，并且为它找到一个意义。”[②]

因此，“世界之肉”在宏宇宙和微宇宙之间传统的通感意义之上投放了一道新的光芒。它不再把通感建立在形而上学或者一个预先设立好的象征意义之上，而是把它扎根在感性的体验之中。尤其是，它揭示了现代诗歌中常常出现的宇宙的情欲。比如，兰波“隐约地感受到巨大的身体”，不论是“黎明”的身体，还是成为世界之“美”化身的“生命存在”的身体，他感到自己的“骨骼”“重新穿上了一件爱的身体”。[③]正是这个“全新的爱情”，点燃了身体和心灵的烈焰，在《彩图集》（*Illuminations*）的卷尾诗中，把宇宙揽入怀抱：

---

① MAURICE MERLEAU-PONTY, «Le Philosophe et son ombre» in *Signes, op. cit.*, p. 210.

② 同上书，p. 274。

③ ARTHUR RIMBAUD, «Aube» et «Being Beauteous», *Illuminations* in *Œuvres complètes, op. cit.*, p. 140 et 127.

噢，他的气息，他的头，他的奔波；形式与行动的完美。

噢，精神之繁盛，宇宙之博大！

他的身躯！梦的释放，被新暴力撕碎的恩宠。①

兰波赞美的“精灵”不是某个端坐于彼世的超验的神明；或许这位精灵正是梅洛-庞蒂口中提到的“地平线的理想存在”（idéalité d'horizon），②它在人的精神与世界之肉相接的地方显现，在诗歌肉身化的词语中诞生。

现象学认为，身体不是一个简单的思想接收器，可以被安插在某一个人体部位上；恰恰相反，由于身体嵌入世界之中，同时又具备自我投射的能力，因而便代表了一种矛盾无所不在的积极性原则，这一原则将人定义为在世存在，也就是说人既在此处，又朝向远方开放。这种“本体意义的饱满”（débordement ontologique）让思想变得“开阔”，让自我身体与世界之肉建立起无法割舍的联系；那些将身体变

① ARTHUR RIMBAUD, «Génie» *Illuminations* in *Œuvres complètes, op. cit.*, p. 154–155.（译文选自《兰波作品全集》，王以培译，东方出版社，2000年版，第285页。——译注）

② MAURICE MERLEAU-PONTY, *Le Visible et l'Invisible, op. cit.*, p. 200.

形成微宇宙以及将宇宙变形成伟岸之躯的隐喻，就体现了这种在肉身化的生命存在和它的地平线之间不断发生的转换或移情。

对于肉体与精神、身体与世界之间的紧密联结，20世纪的法国诗人们从迥然不同的体验出发去进行探索和表达。或许，瓦莱里是最接近现象学的诗人。由于在孤独的思考中叩问自己的精神世界，瓦莱里直抵内心深处，发现了将精神世界同身体和外部世界统一起来的永恒联系。对他来说，“精神是身体回应世界的瞬间”[①]，“意识要求这三项共在”[②]。在《笔记》里，他以缩写CEM（corps-esprit-monde，身体–精神–世界）来指称这个不可分割的三项关系。

而对于克洛岱尔来说，他依靠的方式是行走，这个活动对他和兰波来说都与诗歌的创作密不可分。行走可以让身体、精神和语言同时活动起来，并且与世界建立起亲密无间、协调一致的关系：

① PAUL VALÉRY, *Cahiers, op. cit.*, t. 8, p. 153.

② 同上书，t. 21, p. 610。

> 漫长的一日里，行走在路上，在灵魂和顺应节奏摇摆的身体之间，产生了一种连续性的溶解状态；一种“敞开”的催眠感应开始了，纯粹的接收状态十分奇特。我们身上的语言获得了一种更似符号而非表达的意义；偶然的词语跃上精神的表面，对连续的句子的痴迷，最终形成了一种凝结在意识上的咒语。然而，我们那面亲密的镜子，与外界的事物不同，它处于一种几乎是物质性的敏感状态中。外界事物的影子直接映在我们的想象之上，在它的虹彩中回旋荡漾。我们相互沟通了。[①]

在克洛岱尔看来，身体同灵魂一样，是获得“世界与自我共生体验”的最佳途径。他的诗歌非常注重身体的重要作用，不仅因为身体与感性体验有关，同时还因为它吻合言成肉身的天主教教义。克洛岱尔在基督教的象征中注入了一种强烈的身体分量，有时甚至带有情欲的色彩。因此，在《认识东方》的诗篇中，光被赋予了一种坚实性品质，并成为

① Rimbaud的*Illuminations*前言，*Œuvres en prose*, Paris, Gallimard, «La Bibliothèque de la Pléiade», 1965, p. 517。

一种真正的基本元素，成为一种哺育身体和精神的养料：

我在金子的视野中醒来。……这里，阳光甚至褪去了温度，在令人惬意的寒冷中缓慢地绞动着我，如果伸出赤裸的手臂，我可以把它一直推进那坚实的光里，直至肩膀被光芒没过，我可以一边用手掌摸索，一边把手臂深深地插进喷溅的永恒中，仿佛泉水在轻微颤动。①

克洛岱尔的天主教理念渴望从身体上和精神上拥抱整个宇宙，它时常会借用宇宙情欲或异教信仰中的方式与图像。因此，在以下这篇散文诗中，他赞美了诗人与大地的结合，这是他们“爱情的”也是“圣事的”婚礼：

我，像平原和它的道路一样，填充着群山环抱的腔谷。所有的眼睛都抬起凝望永恒的山峦，我向大地敬爱的身体频频致意。我不再仅仅看到衣裳，我还透过

① PAUL CLAUDEL, «Le Sédentaire», *Connaissance de l'Est* in *Œuvre poétique*, Paris, Gallimard, «La Bibliothèque de la Pléiade», 1967, p. 91.

云气望见腰肋，望见肢体的巨大接合处。[①]

在此，克洛岱尔用异教的神秘主义措辞来表达他的基督教神秘主义信仰，这种异教的神秘主义经常为20世纪的诗人和艺术家们带来创作的激情。他们大量地从“原始精神状态”的源头汲取灵感，莱维－布吕尔（Lévy-Bruhl）认为，这种原始精神状态的特征是个体“亲身参与”社会群体和人类集体的活动。[②]然而，对宇宙的皈依在传统社会中甚至是通过一系列的身体记号或象征记号，如文身或饰品，而直接标记在身体上的。因此，对于美拉尼西亚群岛上的居民来说，人的身体甚至与世界之肉没有任何差别：在他们的语言中，kara这个词同时指代人的皮肤和树木的皮肤；而karo也会与其他指称自然元素的词语组合在一起，来表达“夜的身体”或“水的身体”等含义。[③]

现代人类学重新发现了所谓的“原始”文化，从而为那些与自己的宗教传统决裂的艺术家们提供了另一种抒发宗

---

① PAUL CLAUDEL, «Salutation», *Connaissance de l'Est, op. cit.*, p. 94.

② 参见 LUCIEN LÉVY-BRUHL, *La Mentalité primitive*, Paris, Alcan, 1922。

③ 参见 MAURICE LEENHARDT, *Do Kamo*, Paris, gallimard, 1947。

教情感的模式，根据这种模式，人与宇宙关系的基础并不是形而上学，而是一种完全身体性的体验和表达。这也是那些认同黑人精神（Négritude）的诗人们赋予“原始”一词的内涵。萨特把这种黑人的文化与精神看作“对世界抱有的情感态度”，技术理性却把它从我们身上剥夺。[①]于是，萨特不过重新表达了桑戈尔的论点和塞泽尔（Césaire）的著名诗句：

我的黑人身份既不是宝塔，亦不是教堂
它扎入通红的土壤之肉
它扎入火热的天空之肉。[②]

对于桑戈尔来说，黑种人通过情感而融入世界之肉，情感被他定义为一种运动，主体通过这种运动从自身中跳脱出来，与客体同一。[③]桑戈尔认为，情感首先是一种身体状

① «Orphée noir», préface à l'*Anthologie de la nouvelle poésie nègre et malgache* de LÉOPOLD SÉDAR SENGHOR, Paris, PUF, 1948, p. XXIX.

② AIMÉ CÉSAIRE, *Cahier d'un retour au pays natal* (1939), Paris, Présence Africaine, 1971, p. 117.

③ 参见我的论文集*La Matière-émotion*, Paris, PUF, 1997, p. 229–242。

态，“震荡”是这个词最具身体性的意义：“那时，整个身体都晃动起来，直至最深的心底。”①桑戈尔认为非洲黑人身上具有极强的感受力：“他们的感官特别容易与形式、颜色和物体的一切感性品质相互渗透，他们是一扇向具象世界敞开的大门。”②然而，从这个感官体验出发，逐渐显现并生成了一个意义；桑戈尔特别强调身体和感性的作用，他明确指出，“正是观念引起了情感的震动”③。他与现象学一样，都认为存在一种“感觉中的意义”（sens des sens）：观念首先是一个与事物的感性表象不可分离的“形式”（eidos）。

情感让身体变成了一个内与外强烈交流的场所。朱迪特·沙瓦娜（Judith Chavanne）的一首诗便体现了这种在动情的身体和世界之肉之间的相互渗透（osmose）：

> 渴望面对天空，透过水滴染成的彩虹玻璃窗，去感受每一颗粒子中清新的光，洗净的光。
>
> 或许我在梦里，当皮肤掠过了天空，我轻盈上升，

① LÉOPOLD SÉDAR SENGHOR, «L'Afrique noire. La Civilisation négro-africaine», *Liberté*, t. 1, Paris, Le Seuil, 1964, p. 70.

② 出处同上。

③ 出处同上。

通体明澈。其实是云朵的纤维裹住了我。

而我是在梦里,我渴望着,我碰触的苍穹是肉感的。

这景象是洞穴和松弛的沙丘组成的风景,

上面覆盖着细软的粉末。仿佛被触动,我身上的孔穴一个个张开,

在同一时刻我为天空赋予身体;我为天空注入呼吸。

情感,是一个重叠的瞬间。是皮肤的组织

更纤细了抑或是空气的质感更实在了一些?

再创造的瞬间。[①]

自我身体通过一种近乎“梦”或“遐想”的意识状态超越了自身的界限,这种超越类似于“投射”现象。精神分析学认为,在梦境里,外部的、现时的、新近的和非常久远的各种感觉一并被整合在做梦者身体和生命冲动的经验中,做梦者将这些感觉重新调整,然后再投射成梦的图像。萨米-阿利(Sami-Ali)在他那部关于投射的著作中,着重分析了外部感知的材料(données extéroceptives),在经过内

① JUDITH CHAVANNE, *Entre le silence et l'arbre*, Paris, Gallimard, 1997, p. 78.

感受(intéroception)这一中介作用而转化为梦境知觉的过程中,身体所起到的作用:

> 从感知空间到想象空间的过渡是以身体的实际经验作为中介的。感知的空间首先应该被简化为身体的空间,然后才能把自己的空间框架传递到梦境里。这就好比梦的形成不能直接利用杂乱无章的感观印象,而必须首先为它们赋予自我身体的坐标才行。①

梦境为我们提供的外部世界的图像都携带着身体的烙印:“属于内部的东西会在外部显现,转化为种种对外界的感知。……身体的感觉会被投射到外部的世界中”;“身体(在外部世界中)不再拥有边界,这些边界让身体成了固定在某个特殊地点的客体,……那个本以为能够囊括身体的空间却与身体重合在了一起”。②

梦境的空间是一个典型的“空间-身体”。我借用了罗

---

① MAHMOUD SAMI-ALI, *De la projection*, Paris, Payot, «Petite bibliothèque Payot», 1977, p. 211.

② 同上书,p. 210。

曼·韦尔热(Romain Verger)的这个表达,他在一本书中十分出色地谈论了亨利·米肖的梦宇宙(onirocosme),[①]诗人坚持不懈地探索和挖掘梦中世界的身体源泉。他在挪威心理学家穆尔迪·沃德(Mourly Vold)的作品中找到了大量关于梦境投射的例证,并从中总结出一套理论,还撰写了一篇简短的随笔对这个理论加以阐释,这篇随笔的题目耐人寻味,叫作《梦与腿》;在亨利·米肖看来,梦应该来源于“对四肢、皮肤或体内器官的残缺性、碎片化和间断性的意识”[②]:

沃德为腿套上裤子。腿醒了。头脑里那些最熟悉的、与腿最接近的图像也被唤醒了。

梦境。

做梦者梦见了人群或朝圣的队伍,梦见了展览,和某座都城里的林荫大道。然后沃德为两只手臂穿好衣

① ROMAIN VERGER, *Onirocosmos. Henri Michaux et le rêve,* Paris, Presses Sorbonne Nouvelle, 2004.

② HENRI MICHAUX, *Œuvres compètes*, t. 1, Paris, Gallimard, «La Bibliothèque de la Pléiade», 1998, p. 19.

服：他走出了拳击场，离开了热火朝天的厂房。[①]

我们可以在亨利·米肖的许多诗歌作品中找到这样的投射现象，这些作品不一定都是对梦的记叙。比如痛苦的感觉也会让自我身体与外部世界的界限变得模糊不定：

> 因为忍受痛苦，我失去了我身体的边界，并且开始无可抑制地膨胀起来。
>
> 我是所有的事物：特别是那些蚁群，永不停歇地鱼贯前行，勤劳卖力，却又优柔寡断。这项运动真疯狂。我得聚精会神。很快我便感觉到我不光是蚂蚁，我还是蚂蚁们爬行的道路。[②]

因此，投射并不是梦境所独有的现象，只不过在梦里，投射的作用会被异常地放大。萨米-阿利的观点是，身体本身拥有"一种原始的投射力量"，这股力量能够形成我们的

---

① HENRI MICHAUX, *Œuvres compètes*, t. 1, Paris, Gallimard, «La Bibliothèque de la Pléiade», 1998, p. 18–19.

② HENRI MICHAUX, «Encore des changements», in *Œuvres compètes*, t. 1, *op. cit.*, p. 479.

世界观，而我们有可能对此毫不知情；身体“作用于成堆的感官印象，对它们进行筛选、提炼，并把它们汇聚起来，变成一个个综合体……这时，世界的表象与身体经验的形式紧密地贴合。我们站在了内与外的交汇点上”。[①]这种通过身体对世界进行的建构不仅与我们的记忆有关（无意识记忆就很好地体现了这一点），而且还关系到我们的知觉本身；比如我们都知道空间的组织形式是多么地依赖于我们的姿势意识：

> ［它］隐藏在当前感知域的组织结构中：空间结构的维度是定义身体空间的坐标在身体的界限之外的投射结果。身体的不同部位，以及它们的相对位置都变成了外部世界的指示。高与低，左与右，前与后，正与反，这些意识不仅参照物体在视野中的位置，而且还以自我身体为参照。同样地，手臂、脚、头、肘部、牙齿、嘴等等，也都指示出世界的面貌。因此才会出现大量的类比式对应关系，所有的语言都会把这样的对应关系

① MAHMOUD SAMI-ALI, *De la projection, op. cit.*, p. 217.

建立在词语最原始的意义层上。[①]

感知风景的能力以及对风景结构的把握与我们作为**直立人**(homo erectus)的垂直高度息息相关。我们的祖先先前只将目光紧缩于大地，局限在触手可及的周边环境里。垂直高度的征服让他们得以将目光投向天空和远方。风景正是从这最初的投射中诞生的，身体的隐喻产生了大量的空间词汇，来表现人与世界在风景中的交流，这些身体的隐喻在地域名称和地理词汇中尤为常见。诗歌的意象将风景转化成巨大的生命体，这不过是延续了一种记录在语言记忆中的运动，比如人们用牙齿和狼的跳跃来命名米迪峭蜂[②]或防狼堑壕，用头、口、手臂和舌头来称呼海角、河口、海峡和狭长的半岛。

从远古至今日，不论在清醒的生命中还是在梦境里，不论在知觉还是在情感中，不论是日常语言还是诗歌语言，身体因此都好似一座搭建在意识与外部世界之间的桥梁；既然如此，我们可以试想投射一词对于指称这种互动关系是

---

① MAHMOUD SAMI-ALI, *De la projection, op. cit.*, p. 217.

② 米迪峭蜂 (Dent du midi)，位于瑞士阿尔卑斯山。——译注

否恰如其分。实际上，投射预设了一种内与外的明确区分，并且强调了从某一方到另一方的单向运动。既然我是“从内部”体验世界，那么我的身体不会同外部世界有如此泾渭分明的区分；它从外部世界中接收信息，然后把反应回馈给外界。我没有被禁锢在身体里，因为我的身体向着世界开放，让我能够在那里自如地活动；它正是在内外之间进行着永不停歇的双向循环的器官，是生命与语言的存在条件，与诗歌韵律紧密相连的呼吸运动就是最有力的明证。比如，里尔克曾在他的诗歌里吟诵道：

> 呼吸，看不见的诗啊！
> 持续地，纯粹地，损耗
> 自己的生命，空间始终如一。平衡
> 我偶然诞生于其中的韵律。
>
> 唯一的波涛啊，由此
> 我是逐渐起伏形成的海；
> 所有的海中，你，积蓄得最多
> 赢取了那么多空间。

这些空间里，有多少点已经
驻进我的体内。一缕缕风，
如同我的儿子。

风儿啊，依然充满着曾经属于我的场所，你还认得我吗？
你曾是，光滑的树皮啊，
我的语言的圆拱和散叶。[1]

身体与宇宙间的交流远非一些偶然状态，而是一种生理学的基本法则。诗人和医生的双重身份让罗朗·加斯帕能够比其他所有人都更好地表达和分析世界之肉这个统一的生命体。现代科学让诗人发现“整个生机盎然的世界都在诉说着同一种语言”[2]；如果世界的景象能够触动个人的心弦，这是因为人与世界是由同一肉体组成的：“我们如果与世界没有任何联系，又怎会为世上的某个事

① RAINER MARIA RILKE, «Les Sonnets à Orphée, II, I», trad. Maurice Regnaut, in *Œuvres poétiques et théâtrales*, Paris, Gallimard, «La Bibliothèque de la Pléiade», 1997, p. 600.

② LORAND GASPAR, *Approche de la parole, op. cit.*, p. 36.

物而心醉神迷?"[①]加斯帕问道。对他来说,这种对世界之肉萌生的归属感是建立在身体与它的环境之间的共自然性(Connaturalité)之上的:"我们忘记了,不论做什么……我们始终都是自然的组成部分,都是自然运动的面孔,自然能量的存在形式。"[②]有生命的物质与自我身体紧密结合,加斯帕甚至在沙漠中获得了这种体验,那里的自然似乎对人类怀有最深的敌意和蔑视:

> 水与风在沙粒中相遇的转瞬即逝的痕迹。我身体中的某样东西,欣然地与这些自然排列的颗粒结合,没有任何教诲告诉过我其中的意义。千千万万个化学分子,也是如此匆匆地组成了我的身体,那些内在于它们的"力量",用属于自己的方式,讲述着一段无头无尾的历史。[③]

沙漠是一个典型的非人空间,它让诗人直面广袤无垠

① LORAND GASPAR, *Apprentissage, op. cit.*, p. 13.

② LORAND GASPAR, *Feuilles d'observation, op. cit.*, p. 24.

③ 同上书,p. 146。

的宇宙；然而正是因为身处沙漠，诗人才以最强烈的方式感受到自己与宇宙的联系：如果说“在沙漠中我们感到自己孤零无依，而与此同时，由于我们与火石，与延绵的光，与那条从矿物流向人类、从人类流向遥远星河的秘密河流都紧密地结合为一体，我们便在沙漠中找到了方向”。[①]行走在这个充满敌意又令人肃然起敬的环境中，诗人不仅让他的身体饱受疲劳和饥渴的极端考验，而且也让身体去品尝一种矛盾的快感，这种快感同时带有肉体和精神的双重强度：

> 每一步，都走在自然曲线那严酷的裸露中，透过交织着阳光、目光、敏感的全身以及思想的无穷变幻，显现了，清晰了，一种对真理的直觉。……对连续性的直觉，无论物质有无生命，都与思想在同样的连续性中延展。……
>
> 强烈的感受同时鼓胀着身体与思想……。
>
> 形而上与形而下同源，形影不离。[②]

---

① LORAND GASPAR, *Le Quatrième État de la matière*, Paris, Flammarion, 1966, quatrième de couverture.

② LORAND GASPAR, «Approche d’un désert vivant», *Dédale*, n° 7–8, 1998, p. 148–149.

这种苦行是隐修教的传统。但是，与那些先行的圣徒不同，诗人到沙漠中去不为折磨自己的肉体，而是希望把肉体带向它的极限，在那里精神与物质合二为一：

条条小道是那样艰险
住满了妖魔鬼怪
和甜蜜的话语缠住我们
在与物质结成的友爱中——

这条路是否就在肉里①

痛苦与欢愉最终在一种强烈的体验中相互等同，这个体验从遭受重创的肉体和矿物的相遇中提取了一束矛盾的光：

关于气息与饥渴的神学
关于光，它在许多身体

① LORAND GASPAR, *Sol absolu*, Paris, Gallimard, «Poésie», 1982, p. 161.

许多石块里上升[1]

这部诗集的题目《绝对的土地》就很好地点明了诗人怎样从最“贴俯大地”的体验上升到精神最崇高的境界。这部诗集中的另一首诗也让我们见证了自我、世界和诗歌的共生，这种共生的过程甚至体现在词语的字母中，排版、节奏和音乐性为这些词语赋予了具体实在的分量和感召力，让人们能够联想到正在活动的身体和运转中的宇宙星球：

不 止 一 次 破 晓 时 分
　　在哈姆和度拜的沙漠里[2]
　　或者在更向南的堤岸上
　　红海的东岸　那里许多
　　熔岩纹理的玫瑰色花岗岩、柔软的砂岩
　　和锃亮的熟石膏　舒缓着堤岸的坡度
我 梦 见 了 一 次 创 生

① LORAND GASPAR, *Sol absolu*, Paris, Gallimard, «Poésie», 1982, p. 177.

② 罗朗·加斯帕曾在约旦附近的许多沙漠中行走，从中获得了身体与精神的极端体验。——译注

宇宙绵延不绝地诞生
没有任何来自外部的指令
却是广袤的充满音乐的
存在　无限紧实的石块
被舞曲填满　每一个乐声都发出振响
都钻透了光
光 影 变 幻 中 的 弧 形 赋 格
无始无终
从 喷 涌 中 喷 涌
从同样混沌的运行中
气息　在两扇
肺叶的轨道上……[①]

① LORAND GASPAR, *Sol absolu*, Paris, Gallimard, «Poésie», 1982, p. 98.

肉身化的语言[①]

分离了灵魂与身体的西方传统也长期将文字与精神对立。现代哲学与现代诗歌则通过强调意义的肉身化，努力尝试弥合这种双重的断裂。

比如，现象学"将身体视为一种表达"[②]，把语言看作为思想赋予身体的对象。因此，对梅洛-庞蒂而言，一切身体行为都具有表现性，因为这个行为表现了意识的生命，并且在世界中引入了意义。这种表现性并不遵循表达方式的传统框架，即设定一个意义先导的意向，而后再把这个预设的意向翻译成一种或另一种形式。相反，对于这种表现性

① 肉身化的语言 (Verbe incarné)，此处影射基督教中的"言成肉身"，同时又呼应梅洛-庞蒂现象学中经常提及的文字的肉身 (la chair des mots)。——译注

② 取自 MAURICE MERLEAU-PONTY, *Phénoménologie de la perception* 中的一个章节的标题，*op. cit.*, p. 203–232。

而言，被表现的对象与它的表现方式是密不可分的；动作不是情感的次等体现，而是情感的组成力量。比如，一个动作“并非使我想到愤怒”，“这个动作就是愤怒本身”。[①]情感嵌在同时赋予其形式和意义的身体行为之中：“微笑，放松的面部表情，轻盈的动作，这些行为都实实在在地蕴含着行为的节律，以及主体在世界中存在的方式，它们就是喜悦本身。”[②]

“人通过带有情感的动作，在已知的世界之上叠加了自身体验到的世界。”因此，在梅洛-庞蒂看来，这种情感性的动作是语言“最原始的形态”之一。它为梅洛-庞蒂提供一种思考话语（parole）的模式，而话语同样是以身体行为为基础的：词语，“在成为某个概念的符号之前，首先是抓住身体的一个事件”。[③]思想既不存在于语言之前，亦不独立于语言之外，思想只有通过语言的表达过程才得以成形，这尤其适用于诗歌语言，在诗歌中，意义与表达形式本身紧密相连。不同于概念化的超验而具有任意性（arbitraire）的

---

① 取自MAURICE MERLEAU-PONTY, *Phénoménologie de la perception*中的一个章节的标题，*op. cit.*, p. 215。

② 同上书，p. 217。

③ 同上书，p. 272。

意义，诗歌的所指与能指之间维持着一种内在而必要的联系：所指嵌在词语的肉身之中，嵌在词语的回响和它们的面部情态之中。对梅洛-庞蒂而言，这是一种“情感意义”，它来自词与物的感性品质：“词语，元音，音素”在诗歌中变成了“歌唱世界的多种方式”；并且“它们的用途是描绘物体，但并不是像幼稚的象声词理论所认为的那样，根据客观的相似性来进行描绘，而是从物体中萃取并提炼了它的情感本质”。[①]

在这一点上，梅洛-庞蒂与人文科学的教诲不谋而合，后者着重强调了话语与身体、思想与语言之间的紧密联系。此处我仅以勒儒瓦-高汉[②]在追溯人类起源时所发现的动作与话语之间的亲缘关系，以及儒斯[③]在传统口头诗的结构与伴随性的动作之间所建立的对应关系为例加以佐证[④]。这些原始材料又特意被实验语音派重新考察过，因此，斯皮尔才能够让诗歌与一种名副其实的“咽喉-口腔舞蹈”相映成

---

① 取自 MAURICE MERLEAU-PONTY, *Phénoménologie de la perception* 中的一个章节的标题，*op. cit.*, p. 218。

② 勒儒瓦-高汉（Leroi-Gourhan, 1911—1968），法国人种学家和考古学家。——译注

③ 马塞尔·儒斯（Jousse, 1886—1961），法国人类学家。——译注

④ 参见 ANDRÉ LEROI-GOURHAN, *Le Geste et la Parole*, 2 t., Paris, Albin Michel, 1964–1965 et MARCEL JOUSSE, *L'Anthropologie du geste*, Paris, Gallimard, 1974。

趣：诗句的和谐悦耳不仅仅指它所发出的声音是和谐一致的，同时还意味着控制发声过程的舌头、喉咙和咽部的运动是轻盈自在的。[①]至于心理语言学和心理分析学，它们也试图将音素的表现性价值建立在音素于身体各个部位所唤醒或激发的情感或性欲之中[②]。如果说文体（style）是印刻在书写中的亲密性的标志，那么，现代人则试图从某种生理和心理的特质中来寻找这种亲密性的源头："文体，是人，是人的身体。"[③]阿尔托说道。罗兰・巴尔特将文体定义为"一个未知而神秘的肉体之上的装饰性嗓音"；文体只不过是一个"盲目又固执的变形的结果，是肉体与世界的交界处滋生的亚语言的一部分"，"它的秘密是一段幽闭在作者身体之中的记忆"。[④]

所有这些反思与探索都是诗人们自身创作实践的延续。现代诗歌抛弃了古典主义树立的概念凌驾于表达之上的准则（"缜密的构思才可产生清晰的陈述／阐释思想的词

---

① 参见ANDRÉ SPIRE, *Plaisir poétique et plaisir musculaire* (1949), Paris, José Corti, 1986, p. 275。

② 特别参见IVAN FONAGY, *La Vive Voix. Essais de psycho-phonétique*, Paris, Payot, 1983。

③ ANTONIN ARTAUD, *Œuvres complètes, op. cit.*, t. 21, p. 130.

④ ROLAND BARTHES, *Le Degré zéro de l'écriture*, Paris, Le Seuil, 1953, p. 20–21.

语才能轻松而出”),而是赋予词语一定的主动性,并且让它们的感性品质获得一种唤醒意义并且产生意义的力量,而不是仅仅局限于翻译、模仿或者装饰意义。

随着词语意指能力的解放,解剖学词汇也获得了自由,同时身体也晋升为诗歌语言所偏爱使用的隐喻。这些相伴而生的现象并非偶然。语言的“身体性”的源头可追溯至浪漫主义。比如,对于维克多·雨果著名的《答一份起诉书》(*Réponse à un acte d'accusation*)而言,其革命性不仅在于解放了身体的词汇,因为在此之前,对低俗词语的排斥和对高贵词语的偏袒导致了诗歌中身体词汇的削减(“我对鼻孔说:哎!你不过是个鼻子!”)。更重要的是,它承认了词语独立自主的生命,承认了词语可以为意义赋予生命和身体:

> 这一点应该知道,词和字也有生命。
> 幻想者握笔的手写字时颤抖不停……
> 在我们的头脑里上上下下地跑遍,
> 词汇总有其意义,如同水总有水平,
> 反映大脑中飘浮不定的朦胧光明。

不错，你们都要明白，词汇也是东西……

灵魂是被躯体所占有的天上光明，
既然人这只野兽身上有灵魂居住，
上帝使词汇成为思想居住的动物。①

雨果因此将“言成肉身”的基督教模式引入了诗歌的语言之中。而兰波在他之后走得更远，他的十四行诗《元音》甚至把字母和音素都看作“潜伏着生命”的场所：“一切话语皆为思想”，而单单是“字母表中的第一个字母”，就可以引起“思考”。正是在让语言获得形体的同时，诗人也把人类的精神向前推进：“这种语言将来自灵魂并直抵灵魂，包罗一切，芳香、音响和色彩，它将是思想与思想的勾连和拉伸。”②正是调动了词语的所有感性品质，诗人才得以革新并丰富了词语的意义，目的是创造出一种“可以进入一切感觉”的“语言”。③

① 《雨果文集（第9册）》，程增厚译，人民文学出版社，2014年版，第22页。——译注
② ARTHUR RIMBAUD, Lettre à Paul Demeny, *loc. cit.*, p. 213.
③ ARTHUR RIMBAUD, «Délires II: Alchimie du verbe» in *Œuvres complètes, op. cit.*, p. 106.

现代人更进一步地进行对能指的语义资源的探索，并且不忘重新使用那些把字母当作观念之躯的隐喻。马拉美在《英文词语》中写道："词语（le Mot）与整个自然相仿，并因此而接近于一种有生命的机体，词语在它的元音和二合元音中表现为肉体；而在它的辅音中表现为一种精致的骨架。"[①]瓦莱里也强调诗歌意义的身体性；这不仅仅是因为诗歌的意义与词语的物质性密不可分："诗歌是异教，它绝对要求灵魂不能脱离身体而存在——没有任何意义和思想不是某个引人注目的形象的行为，这个形象由音色、音值与强度所组成"[②]；而且也是因为诗歌的意义需要来自身体深处的嗓音（la voix）的支撑，——"嗓音联结着肺腑、目光和心灵——正是这些联结为嗓音提供了力量与意义"。[③]诗人为诗歌赋予了"词语之躯"的密度，并且促进了"词语之间的体肤之亲"，诗人摆脱了概念的抽象化，以便复原思想的重量，为思想重新注入肉的厚度，并且同时让思想向着具象的世界开放。

---

① STÉPHANE MALLARMÉ, «Les Mots anglais» in *Œuvres complètes, op. cit.*, p. 949.

② PAUL VALÉRY, «Je disais quelquefois à Stéphane Mallarmé ...» in *Œuvres complètes*, t. 1, Paris, Gallimard, «La Bibliothèque de la Pléiade», 1957, p. 656.

③ PAUL VALÉRY, *Cahiers, op. cit.*, t. 8, p. 41.

“词语的唯物主义”致使一些先锋派运动认为能指的活力和语义的固定性势不两立，语义被怀疑带有唯心主义倾向和隐蔽的形而上学色彩。从句子甚至从词语的束缚中解脱出来，这种做法产生了词汇学、字母派以及音响诗歌或视觉诗歌：语言信息的图像之躯或语音之躯被刻意强调，它们不仅与意义无关，甚至损害了意义的生成。这种态度颠覆了精神与语言之间的传统等级，通向并支撑了一个脱离意识控制的身体意象。这便是“身体写作”的前提，它假定写作是直接建立在身体运行或生命冲动之上的，很大一部分当代诗歌创作的灵感都来源于此。

但是，这种用语言来翻译机体活力和/或生命冲动的尝试存在着一个根本性的冲突，即身体本身和语言符号之间是不同质的。正如贝尔纳·诺埃尔所指出的那样，我们实际上可以区分出“文化身体”（corps culturel）与“自然身体”（corps naturel）。前者是指言说的与被言说的身体：它整合了某种文化为动作和态度，甚至是为最私密的动作和态度所赋予的一切被符号化了的意义。与之相反的，则是在机体活力和生命冲动中一切逃脱了符号编码而被弃置于意义和言语之外的身体。但是，恰恰是这第二种身体，让当代诗人们为之着迷不已。这个玄奥的身体，这块黑暗的陆地，它的内涵不能被削减为性欲这么简单，它同时还包括了诸如身体体验（cénesthésie）之类。为了表达这种超越了象征主义范畴的“符号的母体空间”（chora sémiotique），当代诗人们需要发动一场诗歌语言的革命。①

贝尔纳·诺埃尔便是其中的一员，他以最彻底、最苛求的方式进行了这场革命，也因此深谙它的内在困难和局限性。如何通过那些注定抽象的符号去表达身体那瞬间爆发的生命呢？如何让那些从本质上脱离了语言和意识的事物进入到语言和意识的内部呢？“我们的身体与一个我们一无所知的世界相连，因为我们甚至都不曾掌握这个世界最基本的词汇。这是一个纯粹的身体性的世界。”②从理论上讲，话语只能压制“身体的无意识”（Inconscient physique），这个概念是诺埃尔从汉斯·贝尔默③那里援引而来的：

① 我们将认可JULIA KRISTEVA博士论文*La Révolution du langage poétique*, Paris, Le Seuil, 1974中的论点。

② BERNARD NOËL, «La Langue du corps» in *Treize cases du je*, Paris, Flammarion, 1975, p. 150.

③ 汉斯·贝尔默(Hans Bellmer, 1902—1975)，德国艺术家。——译注

> 言说身体，就是为它披上这件由“身体”一词做成的毫无特色的外衣……空洞的深渊，人们以为在那里攫获了活的生命……似乎，话语只能在压制发话者的时候才可以被发出。身体保持着沉默，彻底的缄默不语，它不知道词语为何物。[1]

诗人应当竭力承担起这个沉默的世界向语言发起的挑战，为语言重塑身体：“一把利剑深深插进了连体的山峦，瞬间劈开了那不可分离的整体：我有一个自然身体，一个文化身体。后者把自然身体的手为己所用，而有时候这只手也会重新找回肉体的重量。”[2]可以说，这是把舌头[3]作为说话器官的初始意义还给了语言。“语言（舌头）是肉上的一小块”，[4]诺埃尔喜欢这样说，并且他总是试图去碰触身体与语言的衔接点，“那个我们拾起语言的身体地点”。[5]他的第一

① BERNARD NOËL, «La Langue du corps» in *Treize cases du je*, Paris, Flammarion, 1975, p.159.

② BERNARD NOËL, «Qu'est-ce qu'écrire?», 合写的前言, *Écrire*, Amiens/Creil, CRL Picardie/Dumerchez, 1992, p. 12。

③ langue在法语中既有“语言”之意，又有“舌头”之意。——译注

④ JACQUES PREVEL著作的前言, *En compagnie d'Artaud*, Paris, Flammarion, 1974, p. 5。

⑤ BERNARD NOËL, *Treize cases du je, op. cit.*, p. 149.

部作品的题目意味深长,名为《身体中的摘除物》(*Extraits du corps*);这本书中的散文诗包含了许多对身体的隐秘生命的瞬间窥探,这些描写都逃脱了语言符号的牢笼:

> 最初,有一种想要从身体中摘除一切的意志。只有这样做才能产生词语。要让嘴巴转个身,吃掉舌头(语言)。……我曾经想用颠倒的方式来写作——为了腐化词语、为了交出或解放我的身体。把我的身体照亮。[①]

由此,通过语言和图像的力量,贝尔纳·诺埃尔成功地唤醒了身体的"内部空间",而在他以前的诗人,除了苏佩维埃尔(Supervielle)和米肖以外,则极少有人冒险去探索这个空间。身体的"内部空间"也在他的笔下成了一种与身体感觉交织在一起的风景:

> 绵软的雪。温柔的雪。还是雪。而皮肤
> 顺着肉的纹理轻柔舒缓地化成絮,　　而

① BERNARD NOËL, *Extraits du corps* in *Poèmes complets 1954–1970*, Paris, UGE, «10/18», 1976, quatrième de couverture.

> 肉顺着肋骨的走向,也化成了絮。　而
> 更远处,脊椎竖立在身体的中央,一种对
> 垂直的渴望。[①]

潜入身体最隐秘的地方,这是一种对意识和世界同时进行的探索。内与外的边界不复存在了,“外部就在体内”[②],这就是“自然身体的抒情境界”。“通过描绘某些身体的状态”,诗人产生了“触摸到某种确切东西的感觉”,并且感到自己正在把“一种曾经失落的真实”重新归还给词语:

> 我努力写出身体采取的立场,不能有半点虚假。……我希望为我的词语赋予一个身体,也为我的身体赋予确切的词语。我希望通过这种相互的融合,把一个在同等的写作状态中捕获的原始的身体还给自己。[③]

---

① BERNARD NOËL, *Extraits du corps* in *Poèmes I*, Paris, Flammarion, 1983, p. 42.

② 引自JEAN FRÉMON, *Extraits, du corps* 1988年再版前言, Alès, Unes, 1988, p. 9。

③ 同上书, p. 8–9。

但是，经过一段时间的沉淀后，贝尔纳·诺埃尔最终开始质疑这种体验与它的表达之间的真实性：他自己曾经以为忠实诠释的“身体感觉”如今“已变成了一副身体的虚构神话”，因为“是词语创造了身体的状态，而不是相反”。[①]在现代**成见**[②]的影响下，他相信符号的任意性和词语的主动性会排除一切真实的写作。由于不能够找到一个对有机生命的恰当表达，诗人从此只能“在语言之躯上”[③]进行创作。在1970年代，贝尔纳·诺埃尔与许多和他同时代的作家一样，转向了一种**字面意义上的**身体写作，其中的“字面意义”一语双关。既然诗歌意象被怀疑很可能会继续构建那一整副身体的虚构神话，那么诗人们就需要通过一些最原始生涩的词语来指称身体的各个部分和各种功能；但是，又因为这些词语终究无法抵达它们所指涉的真实身体，所以就需要在词语的能指上做文章，而不再去考虑它们的意思。语言和身体之间的连贯性的断裂同时影响了语

---

① 引自 JEAN FRÉMON, *Extraits, du corps* 1988年再版前言，Alès, Unes, 1988, p. 8–9。

② 成见 (doxa) 为罗兰·巴特语，1970年代后期，巴特逐渐关注于两种语言类型的冲突：流行文化的语言，他将之视为限制的、成套路的，以及中性的语言，他视其为开放的和暧昧的。他将这两种对立的模式称为“成见”和“悖论”(Para-doxa)。——译注

③ BERNARD NOËL, *Treize cases du je, op. cit.*, p. 158.

言和身体本身:“我在我身体的每个角落寻觅着我那被肢解了的语言”[①],诺埃尔这样写道。与完整身体的碎裂所对应的是句子的解体,以及词语本身的支离破碎,字母通过变位构词(anagramme)、近音词连用(paronomase)或回文结构(palindrome)变成了一个个独立的个体。

这种肢解行为的受害者,是意义,是诗歌的抒情性,而抒情性正是主体和世界在歌唱中的表达。诺埃尔写作了一些《变调的诗》(*Poèmes à déchanter*)[②],诗中的语言几乎接近嘶喊甚至噪声:“谁在叫:你,我,或者仅仅是一些急着繁殖的词语?这世上可能只有一种语言的噪声。”[③]语言从此只不过是一只“词语的野兽/在口中骚动”“嚎叫”,这只野兽“吞咽着音素”,仿佛它们是许许多多毫无意义的声音。[④]

但是诗人非常清楚地知道,如此这般把语言降级为一种简单的生理功能,并不能让他触摸到“自然身体”;他承

① BERNARD NOËL, *Les Premiers Mots*, Paris, Flammarion, 1973, p. 45.

② 一系列诗歌的名称,摘自 BERNARD NOËL, *La Peau et les Mots*, Paris, Flammarion, 1972。

③ BERNARD NOËL, *Les Premiers Mots, op. cit.*, quatrième de couverture.

④ BERNARD NOËL, *La Peau et les Mots* (1972), Paris, POL, 2002, p. 122 et 124.

认，他是在制作一层“肉的镀膜”（plaqué chair）[①]。而贝尔纳·诺埃尔迅速地意识到这种过度依赖某个时期文学模式的做法的局限性。从1980年代起，对字母的重视不再与对存在的考量相分离。通过为语言赋予身体，贝尔纳·诺埃尔不再仅仅专注于表达自我身体那不可言说的晦暗，而是同时努力把他的诗歌嵌入世界之肉中。通过不断将语言的界限向更远处推移，诗人最终抵达了事物本身，在语言的尽头拥有了世界：

> 什么是身体
> 伫立在语言尽头的
> 一块块石头
> 眼眸之花
> 真实的世界[②]

这首诗节选自名为《窗与蕨》（*Fenêtres fougère*）的一系

---

① BERNARD NOËL, «La Combine merci» in *Les Yeux dans la couleur*, Paris, POL, 2004, p. 11.

② BERNARD NOËL, *La Chute des temps*, Paris, Gallimard, «Poésie», 1983.

列献给柯莱特·德布雷[①]的组诗，诗中所描绘的向世界敞开的状态似乎与主体和他者的关系密不可分。舌头也是性关系中最受宠的器官之一：它使得自我的身体与他者的身体相互连通，并通过他人的身体与世界之肉实现对接。在贝尔纳·诺埃尔那里存在着一种宇宙的情欲，这在小说《圣餐城堡》(*Château de Cène*)的第一章中已经有所体现；月相的轮回是通过叙事主人公与一个恒星天体的性结合周而复始的，他的精子让这颗恒星受孕，让她在空中冉冉升起。[②]这个仪式的全过程由一名神秘女子主持，她的美也感染了整个宇宙："这种极致的美是那样地富有生命力，又是那样地完整，因而无限地蔓延开来：世界突然变了模样，或者说是眼睛望穿了宇宙的深邃，和谐不再只是一个词语。"[③]女性之美成了希腊意义上的宇宙之美；她揭示了世界的和谐，为世界披上了光艳的华服；她体现了微宇宙与宏宇宙的圆融共通。这种对美、对身体-宇宙统一体的赞颂却与诺埃尔情欲主义的另一个侧面相对立，这个侧面将粗鄙的，甚

① 柯莱特·德布雷 (Collette Deblé, 1944—　)，法国女画家。——译注

② BERNARD NOËL, *Le Château de Cène*, Paris, Gallimard, «Imaginaire», 1990, p. 25.

③ 同上书，p. 19。

至是污秽的身体搬上了舞台，这样的身体脱离了世界，爆裂成碎块，其中雕琢得最精细的一定是人体中那些最不堪的部位。

这种带有施虐色彩的灵感意在驱逐性暴力的妖魔，除此以外，我们还应该在诺埃尔的作品中看到一种我毫不犹豫地形容为艾吕雅式[①]的气质，在那里，情欲与爱密不可分，诗人把恋人们的肉体与世界之肉熔铸在同一具光辉的身体里：

她感觉似乎
他们曾一起共舞
在白色的孤独中……
她感到纯白钻进了
身体　直至她
与全部的自然，
与纯洁无瑕的平原

① 保罗·艾吕雅（Paul Éluard, 1895—1952），法国诗人，超现实主义运动发起人之一。其诗风朴素平易，富有抒情意味。——译注

融为一体……[①]

在这首描绘爱情的抒情诗中，身体和精神不再是对立的：在这同一首诗中诗人还写道，“诗歌”，正是那“被揭示的灵魂的深处”。诗歌不再只是塑造身体，它同时也**与**他者、**与**世界**连成一体**。于是，一种关联性的和肉身化的诗学诞生了，它在身体的动作中重新抓住了一种语言的甚至是一种**逻各斯**的显现：

你说爱情
是古老的思想
当一切动作
都来自思考
而每个动作
都进入物体时
触摸他者
就意味着思想

① BERNARD NOËL, «À vif enfin la nuit», *Extraits du corps* in *Poèmes compltes 1954–1970*, Paris, UGE, «10/18», 1976, p. 133.

而后你的微笑
在我的眼中
想着你的面庞[①]

只要身体封闭自我，与精神分离，那么它便不能产生意义。它只有向着他者、向着世界敞开，才可能理解身体的表达如何过渡为动作性的语言。于是，存在着一种并不排斥抒情主义的身体写作，存在着一种诗歌的身体性，它调动了能指的丰富资源，为的是在词语的物质性中注入一种与世界的体验亲密无间的意义。

① BERNARD NOËL, *La Chute des Temps, op. cit.*, p. 91.

第二部分

诗歌的身体性

能指与所指[①]

经常有人这样认为，由于“将主动性（initiative）让位给了词语”，从马拉美开始诗歌便遗弃了它的两个传统功能：对主体的表达，以及对客体的召唤。因此，这些人感到语言的自治化（autonomisation）将导致“诗人朗诵情怀的丧失”，以及对物的扼杀。对词语能指的探索将会把诗歌中的意义与所指物排挤到次要的地位。

尽管如今看来这种对马拉美诗歌主张的理解十分肤浅，但至少提出了一种态度激进的阐释方式，并且在一定程度

① 本章中，高罗先生用 signifiance 与 référence 来表示诗歌语境下的能指与所指（或所指物），以有别于语言符号语境下的能指（signifiant）与所指物（référent，又译“指涉物”）。诗歌的能指即为诗句的音响、图像等形式效果，与身体的感性体验紧密联结。诗歌的所指（物）则对应诗句的意义（实际指涉物）。同理，在本章中亦有出现的 signifié（所指）与 signification（意义）对应语言符号语境，而 sens（意义）多对应诗歌语境。在翻译时，为了区分这两种不同语境下的能指、所指与意义，我们将视具体情况对原词加以“诗歌”或“语言”等修饰语以进行确指。——译注

上点明了1970年代现代诗歌时常经历的发展趋向。不过，我在此希望提出一种不同的理解方式。首先回到马拉美的问题，然后引出蓬热和杜·布歇的创作，以此说明在诗歌中人们对能指的关注并不一定排斥意义和所指(référence)，却会深刻地改变它们。因此，我们必须将这两样事物重新定义，并且重新审视一些关于诗歌主体和客体的既成观念。这个问题所涉及的许多重要观点不仅仅具有理论意义，它们也激发了我个人的创作。因此，在本章结尾，我援引了与我本人的诗歌创作有关的例证。

马拉美的召唤

在著名的《以yx结尾的十四行诗》中，马拉美"用韵脚的魔力创造了"一个语言中并不存在的词ptyx，从而制造了一件"音响空洞的小东西"，其中的意义与所指物似乎都被"摧毁"了。①仅凭这"单独一件让虚无为之骄傲的小东

① 马拉美于1868年5月3日在给勒菲布尔的信中写道："请你们共同商议以告知我ptyx这个词的实际意义，或者向我确保这个词语在任何语言中都不存在，这将是我非常满意的情况，我最终的目的是要体验到通过韵脚的魔力给这个词语创造的魅力。"(STÉPHANE MALLARMÉ, *Œuvres complètes, op. cit.*, t. 1, p. 1190.)

西”，诗人就从失去了掌控的诗歌中消失得无影无踪，一脚踏进了那条从此将它的灵魂软禁的冥河。看样子，这个新的语言符号似乎干净利落地完成了对客体与主体的谋杀罪行。但是，难道诗歌现场果真没有留下任何受害者的蛛丝马迹吗？一旦回到发生了两起命案的“沙龙”现场，我们难道不会为眼前的一幕错愕：从诗句的第二行开始，迎面而来的就是那个伪装成落地灯模样、顶着一个大写字母的焦虑（Angoisse）！①

这个人格化的情感到这里来做什么？按理说，在这个无人之境，还有谁能够感受得到它的存在？失去了主体依托的情感仿佛潜入了包围着不在场的主体的“背景”里。焦虑被物化了，它变成了一束光，变成了一种凝结着物质性、情感性和音乐性的氛围。通过这幅“填充着梦与空的铜版画”上的“黑白”对比，②我们直观地看到了焦虑。然而，我们更是通过诗歌的音响效果而聆听到焦虑的存在：马拉美告诉人们，“只要让自己反复吟诵这行诗句”，“就会产生

① “焦虑，这深夜，支撑，落地灯……” (STÉPHANE MALLARMÉ, *Œuvres complètes, op. cit.*, t. 1, p. 37.)

② STÉPHANE MALLARMÉ, Lettre à Cazalis (18 juillet 1868) in *Œuvres complètes, op. cit.*, t. 1, p. 1189.

相当神秘莫测的感觉”。[①]

这种感觉承载着一个情感的而非逻辑的意义。这个意义是主观感情的回响,而不是对客观事物的指称,它不存在于诗歌以外,而是“由词语之间的内在幻景组合而成的”。[②]由于与文本中的字母关系密切,这个意义更接近于诗歌的**能指**而非语言的概念意义(signification)。由于与Styx(冥河)、onyx(缟玛瑙)和nixe(水仙,水泽仙女)同韵,ptyx只能承载那些词语在我们的文化记忆中唤起的情感意义。这个空空如也的壳子被深夜里凄凉的回声填满,与焦虑的在场和奄奄一息的灯光发出和谐一致的共鸣。由此被创造的,正是一种**情绪**(Stimmung):一种与现场的氛围和诗歌的共鸣融为一体的情感色彩。[③]诗歌的情感不再是对主体的表达,而是一种通过词与物的某种音乐意义上的和弦所奏出的内心感觉(impression)。

诗歌的能指创造了一种特殊的指涉方式,被马拉美称

---

① STÉPHANE MALLARMÉ, Lettre à Cazalis (18 juillet 1868) in *Œuvres complètes, op. cit.*, t. 1, p. 1189.

② 出处同上。

③ 关于“情绪”的概念,参见MICHEL COLLOT, *La Matière-émotion*, Paris, PUF, 1997, p. 34–35。

为“召唤”(évocation)。诗人通过制造一个前所未有的词语对象，剥离了事物的常用概念，但同时又赋予这个事物一个全新的生命存在：“诗句用许多词语(vocable)，重塑了一个从未在语言中出现过的饱满而新颖的词，仿佛咒语一般……这样的诗句让你们惊异于自己竟然从未听人朗诵过这个稀松平常的段落，与此同时，那个被人命名过的对象让你的记忆沉浸在一片全新的氛围之中。”[①]诗人的“声音”把“花萼”的“轮廓”“放逐到遗忘的角落”，却让“花朵”的“馥郁意念”“冉冉升起”，虽然这朵花“脱离了一切花束”，但是因为她的音乐性而存在[②]：她不是一件苍白的复制品，也不是一个没有血肉的本质，而是物体洋溢着活力的生命存在。这个具有召唤力量的声音能够呼唤生命或物体从它们不在场的远方到来：

为了重生，只需让我从你的唇上借来
一缕气息，它把我的名字低声念诵了一整个夜晚。[③]

---

① STÉPHANE MALLARMÉ, «Crise de vers» in *Œuvres complètes, op. cit.*, t. 2, p. 213.

② 出处同上。

③ STÉPHANE MALLARMÉ, *Œuvres complètes, op. cit.*, t. 1, p. 67.

马拉美重新找到了一个与诗歌同样古老的表达方式，将心上人名字中的字母与音色在诗句中展开，让她的生命在诗歌中留下永恒的印记与回响，尽管这位爱人或已辞世，或难以接近。瓦莱里清楚地看到“词语间离奇古怪、异常悦耳又令人惊奇的组合”，不仅赋予马拉美的诗句一种“音乐的爆发力”，而且还让诗句具备了一种几乎撼动身体的暗示能力，仿佛“魔咒”一般，“积蓄的满是力量，而非表层的意义”，这样的诗句能够“影响（我们的）生命潜能和生命动力”，更深刻地影响我们的身体，而非“我们的精神”。[①]

因此，与词语能指有关的微妙游戏也可以服务于诗歌的所指，只要不将所指物与某个既定概念或某个纯客观的事实相混淆。诗歌的所指不是描述性的，而是表现性的。它整合了体验过程中的各种主观成分。对马拉美而言，这意味着“描绘的不是事物，而是事物所产生的效果”[②]。

所以，对词语能指的强调在诗歌中既不排斥意义，也不排斥所指，而是对它们进行改造。诗歌的能指不同于语言符号的概念意义，后者的基础是能指与先于或外在于它的

---

① PAUL VALÉRY, *Œuvres complètes, op. cit.*, t. 1, p. 649.

② STÉPHANE MALLARMÉ, Lettre à Cazalis (octobre 1864) in *Correspondance, op. cit.*, t. 1, p. 137.

所指之间的任意性关系，而诗歌的能指则是通过词语能指的活力而产生的，并且紧密地联结着词语能指的音响共鸣：诗歌的能指体现在诗歌的音响之躯中。所以，诗歌的能指并不是纯粹内在于语言的，它还明确地指向一个外部，但是这个外部既不是科学话语试图建立的客观世界，也不是语言的完成状态强加于我们的那些约定俗成的概念，而是一个肉身化的意识所在的地平线。诗歌的所指既不是客观性的，也不是模仿性的，而是主观性的、创造性的。它对世界所进行的不是一种单纯的描绘，而是一种重新的诠释。

蓬热和物-游戏

在那些受到马拉美启发或以马拉美为楷模的20世纪诗人中，蓬热可能是那个同时将文字游戏与对诗歌所指物的关心推向极致的诗人，他用自己的物-游戏[①]理论和实践

① 关于objeu的概念，参见MICHEL COLLOT, *Francis Ponge entre mots et choses*, Seyssel, Champ Vallon, «Champ poétique», 1991, p. 145–185。[objeu是蓬热自创的词语，由法语单词objet (物) 和jeu (游戏) 结合而成，其中的jeu亦有“联系”之意。因此这个词包含了“文字游戏”“物与词的联系”“物与情感的联系”等多层含义。而中文译文的缩合词“物-游戏”则只能取其最明显的本义。——译注]

统一了以上两个方面。这个充满矛盾的结合总是被人们误读或误解：批评界有时把蓬热归为“文字派”(littéralistes)，有时又把他划入“现实主义”甚至“客观主义”的阵营，然而在蓬热看来，“对词的考量”离不开“采取事物的立场”(parti pris des choses)。他并非不了解符号的任意性，以及存在于语言和现实之间的裂痕。但是，正因为他发觉到两者的差距，才渴望在它们之间建立起不同于以往的联系。

蓬热在他的早期作品中便表露出对能指的兴趣：早在1919年，他就写作了一篇明显带有马拉美风格的文章，标题为《在我们的温室中漫步》，诗人被邀请耕种真正属于自己的花园，即语言的花园，用“哑音的影子”“辅音的美丽花环”，以及“点与简洁符号的配饰”来装扮“色彩斑斓的元音花坛”。[①]通过悉心栽培这一朵朵修辞之花，蓬热似乎甄选了一个词语的微宇宙，他彻底地远离了现实世界，以至于“人们无法确切地想象任何存在、任何现实，而只能实在地感受声音过境时气流的深层鼓动，只能相信眼前呈现的那

① FRANCIS PONGE, «La Promenade dans nos serres», *Proêmes* in *Œuvres complètes, op. cit.*, t. 1, p. 176.

些刻刀划过纸张或大理石后在其表面留下的精美绝伦的装饰图案”。[①]倾心词语的语音和图像的物质性看似是以损害词语的意义及其所指物为代价的：

> 哦，人类独立创造的印记，哦，原始的声音，艺术童年时代的不朽之作，几乎让人难以察觉的形体变化，**字母**，仅仅用两种感官就能感受到的神秘之物，却比符号更真实，更触动心灵——我想让你们因为你们自己而被爱，而不是因为你们的意义。我希望最终把你们托举到一个比简单的指称更高贵的地位。[②]

但是，如果深究其意，蓬热所否定的，是词语约定俗成的抽象意义：它们的指称意义。通过提升词语的能指价值，诗人为词语赋予了一种仿佛物的“质感”那般非常“实在”的坚固性，让词语因此可以通过感官被感知，通过身体被感受。诗人对语言的物质性表现出浓厚的兴趣，这是因为他

---

① FRANCIS PONGE, «La Promenade dans nos serres», *Proêmes* in *Œuvres complètes, op. cit.*, t. 1, p. 176.

② 出处同上。

对时常被概念化语言抛弃的世界的感性品质拥有同样高度敏锐的感受力。诗人的一切努力都是为了在语言中重新建立起“一种密实感，一种物质性，一种使语言比物理世界更为实在的……厚度”[①]，蓬热力图通过“词语的语义厚度”来诠释“物的厚度”，[②]并由此为人类的精神世界开放新的视域。正是透过感性一面，词语才能够与事物相通。蓬热从不把词语的字面意义（littéralité）当作终极目的，而是把它视为一种接近现实的手段。

比如，他的诗集《采取事物的立场》中那首著名的描写牡蛎（huître）的诗歌就鲜明地体现了他的创作理念。牡蛎依次地被形容为“白晃晃”（blanchâtre）“绿糊糊”（verdâtre）“黑糊糊”（noirâtre）。[③]正如蓬热在他与菲利普·索莱尔的访谈中明确指出的那样，-âtre这一后缀的反复出现仿佛与标题词语的词尾遥相呼应，这个词尾也是一个接续在长音音符î之后的音节-tre。因此，我们可以像索莱尔一样确

---

① *Entretiens de Francis Ponge avec Philippe Sollers*, Paris, Gallimard / La Seuil, 1970, p. 47.

② FRANCIS PONGE, «Introduction au Galet», *Proêmes, op. cit.*, p. 203.

③ FRANCIS PONGE, «L'Huître», *Le Parti pris des choses* in *Œuvres complètes, op. cit.*, t. 1, p. 21.

信，相对于物，这首诗更加关注指称物的词。蓬热的剖析则更为细腻，而他的实践也更为复杂。因为那些修饰词还描绘出了牡蛎这个软体动物及其外壳的客观特征，词与物之间便拥有了某种参照性。此外，这些修饰词还体现了诗人在面对“这个固执地紧闭起来的世界”施加在自己身上的物理阻力和智性阻碍时的种种反应。“牡蛎是难以撬开的，”蓬热评论道，“我感到很难用别的方式来表现这一点，除了大声念‘固执’（opiniâtre）这个词。”①后缀的读音所强制的发声运动还对应着另一种由贝壳阻力所引起的身体反应。这种发声运动带有表现性的价值，它通常所寓意的情感色彩对应着这首诗歌中的主导情绪，这种主导情绪被蓬热以描写的手法突显出来：他描写了一只暧昧的生物，它有着说不清、道不明的颜色和黏稠的质感，人们在它身上寻找“供吃供喝”②之物。通过重新激活这个惯用语的具体意义，蓬热表达了某种与略带贬义的后缀 -âtre 相一致的厌恶情绪。

① *Entretiens de Francis Ponge avec Philippe Sollers, op. cit.*, p. 112.

② à boire et à manger，法语惯用语，一语双关，含有“供吃供喝”与“有利有弊”双重意思。——译注

后缀的加强效果并不是纯粹从词语中自动产生的：能指的活力正在于它是情绪的显影剂和催化剂，这个情绪契合了对象的物理性质及其所引起的身体反应和精神运动。这与蓬热对物-游戏的定义有异曲同工之妙，通过这个文字游戏，主体重新回到与物的联系之中(se remet en jeu)。我们可以引用蓬热对无花果的阐述来谈论牡蛎："它的确是一个我们在外部世界中指称的物体——同时，它也是一个词。这个词对应着……产生出情绪、感觉和观念组合体的物。"①这是小小的一块"物质-情感"，是一个情感、感知和语言的浓缩物，我们很难在这个浓缩物中分清什么来自我，什么来自世界，什么来自词语。

于是，诗人轮流对这些成分切磋琢磨，努力把它们熔铸成一块精巧的合金。有时，蓬热的工作从语言中指称某个物体的词语出发，比如《牡蛎》这首诗；有时他却反过来把物看作是"未命名且不可命名的"，他要以"**无中生**有(ex nihilo)的方式描绘物"。②所以，为了暗示桌子，蓬热力求

① Entretien avec Marcel Spada, *Le Magazine littéraire*, n° 260, décembre 1986, p. 30.

② FRANCIS PONGE, «My Creative Method», *Méthodes* in *Œuvres complètes, op. cit.*, t. 1, p. 532.

在语言使用中将一切与桌子有关的概念剔除殆尽，为的是找回物体本身给他带来的完全身体性的体验：

> 我只想在桌子中放入它自然而然带给我的东西，我要从中驱逐观念。
>
> 驱逐概念。词语是一个个概念……
>
> 所以只应该用我的身体本能地从桌子接收到的东西来制作我的桌子……仿佛词语从未存在过，仿佛我必须得将它摆脱。①

这是蓬热所启动的最后一项庞大的工程，他怀着一种对诗歌所指物近乎绝望的渴求来推动这项工作。他“想象自己”已经“在这个世界中死去”，并且“与这个世界分离”，所以他渴望去表达把自己同生命中的物联结在一起的亲密关系：“越是绝望，对物（语言学称之为所指物）的依恋就越强烈（必须是强烈的），那么我对这个物体所怀有的爱（尊重与敬意）也就越狂热。”②蓬热看重所指物最为具体实

---

① FRANCIS PONGE, *La Table*, Paris, Gallimard, 1991, p. 23.

② 同上书，p. 29。

在的维度,这也是物体最被人熟知同时又隐藏得最深的一面:桌子,对他来说首先是日常书写行为的支撑物。这个物体的概念与身体的某种姿势有关,也与身体和精神的态度有关:“你应该记住我的臂肘,”诗人边写边向已经成为知心密友的桌子说道,“同时你的概念也应该记住我的精神。”[①]这个完全来源于身体的“概念”并没有因此丧失了伦理的,甚至是形而上的维度:桌子为作者给予了一种精神上的支持,这个“蜗形腿小桌”(console)正是他的“精神慰藉”(consolation)。

但是,为了进一步探索这些与所指物有关的价值,蓬热发现他不能够不考虑语言的暗示作用:“我的身体本能地从桌子接收到的,也是一个(旧有的)词语,但它可以被看作一个(具有语义的)物质,一个摆脱了它的抽象意义和日常意义的词语世界中的物。”[②]为了缩小因为语言的使用而不断扩大的物与词的距离,就必须剥除词语的抽象意义,揣摩词语的物质性,以便让词语不断接近主体的实在体验:“只有凿穿了(旧有的)词语,并努力用它的所指物来解释这个词

① FRANCIS PONGE, *La Table*, Paris, Gallimard, 1991, p. 74.

② 同上书,p. 22。

语的时候，我才有可能继续我的工作。”[1]

这种重新激活语言符号的过程经历了注意力从所指向能指的转移：“（桌子的）一切都包含在了‘桌子’这个名称中，它不仅是在纸张上写下（或读到）的文字表象，（同时）也是词语的音响效果。”[2]蓬热的模仿主义在词语的能指与所指物之间建立了一种关联性：**桌子**中的字母T发出了“它沉浊的音响”，仿佛制作家具的木材；大写字母的书写形态让人联想到桌子的侧影，表现了一条水平线被一条垂直线所支撑的形态。在重建过程中，另有一条更微妙也更艰难的路，那就是拷问词语的词源；蓬热和一些20世纪初的语言学家一样，相信词根是更加接近实在经验的语言状态的见证：他把词根看作“我们的原始拟声词”，在词根中，“物与物的语言表达不分彼此”。只可惜，博大精深的词源并不总能提供有利于这种完美重合的论据，蓬热经常更愿意用同音异义词的近似来替代词源上的吻合；因此，他将**桌子**（table）与**稳定**（stable）联系在一起，尽管二者“并不享有共同的词源”，但是“它们在语音及语义方面是极为接近

① FRANCIS PONGE, *La Table*, Paris, Gallimard, 1991, p. 23.

② 同上书，p. 64。

的”。[①]或者，他在桌子中听到了后缀-able，这个后缀含有可能性的意思：难道不正是桌子让写作本身成为可能的物体吗？

为了让词语更接近它的所指物，这些或基于模仿或基于虚拟词源的创想暗示了一条在语言系统之外的出路，人们既可以借助另一种语言（比如拉丁语），也可以着重强调某些词语成分：字母、音节，或词素，诗人通过一种“音节逻辑主义（sylab-logisme）”[②]，为这些不能算作语义单元的词语成分赋予了生成意义的作用。蓬热想要为一种简单的共鸣或和声寻找合理的依据。这一切对他来说就像是实施短路，掐断概念化意义的流通道路，以便在能指与所指物之间实现一种直接的对接：他所感兴趣的，“是外在于词语的物（所指物），以及外在于词语的日常意义的词”，而“他的任务……就是让这样的词与物重新结合在一起”。[③]

① FRANCIS PONGE, *La Table*, Paris, Gallimard, 1991, p. 33.

② FRANCIS PONGE, «La Nouvelle Araignée», *Pièces* in *Œuvres complètes, op. cit.*, t. 1, p. 801.

③ FRANCIS PONGE, *La Table, op. cit.*, p. 24.

安德烈·杜·布歇的语言-画

这种短路现象也出现在安德烈·杜·布歇的写作中，他力图用诗歌创造一种“语言-画”[①]，其中的能指要像一幅画中的色彩那样，具备一种感觉与情感的启发力量，它的目的不是再现这个世界，而是让世界鲜活地呈现在我们的面前。

在诗人的探索过程中，最引人瞩目且最为人所知的一个方面就是他创造了不同以往的排版方式，沿袭马拉美与何维第（Reverdy）开辟的道路，诗人为印刷的书页赋予了直观而强烈的造型感和节奏感。诗歌布局中的大面积留白并不像一些热衷于“白色写作”（écriture blanche）的同时代作家那样，追求一种缺失的诗学。空白的介入打破了句法的连贯性，拆散了逻辑关系的网络，以便在词语之间建立起另外一套属于语言身体性的关系：“词语在书页上占据空间，因为它们正站立在口中”，安德烈·杜·布歇很喜欢这

① 该表达多次出现在ANDRÉ DU BOUCHET, *Peinture*, Montpellier, Fata Morgana, 1983。

样形容。由空白隔开的词语震响书页，竭尽全力凭借自己的语音形象或文字面孔脱颖而出。与此同时，这些印刷在纸张上的词语并没有遮满背景，而是隐约透露出背景中“纸张的质感”，是这种质感把书融入了世界的物质性中。空白散发的光芒让人们联想到安德烈・杜・布歇笔下的风景，刺目的阳光浸泡在“虚空的热度”里，抑或沉浸在冰川的锋芒中：“一张巨幅书页在残破的灯光里砰然抖动，挺立良久，直至我们彼此靠近。”①

正是在词语与词语、诗行与诗行之间，物体那无声的背景才得以显现，文本既不描述也不定义，而仅仅在文字的缝隙之间通过空白来指示这个背景：

连接语言的世界
不时像天空一样，撕开缺口，而我们将要跨越
从一个词到另一个词——或者到另一种语言。②

① ANDRÉ DU BOUCHET, «Le Moteur blanc» in *Dans la chaleur vacante*, Paris, Gallimard, «Poésie», 1991, p. 70.

② 此引文及后面大部分引文均摘自«Notes sur la traduction»，收录于ANDRÉ DU BOUCHET, *Ici en deux*, Paris, Mercure de France, 1986, non paginé。

这段引文节选自杜·布歇的《笔记》，在这篇文章中，诗人专门探讨了另一项人们所熟悉的实践活动，得以支持他展现那个“连接语言的世界”，即翻译的实践。这样的观点**初看**似乎存在矛盾，因为我们不可能将某些意义与诗歌能指的效果从一种语言直接搬移到另一种语言，译者要不断面对符号任意性的现实，每一个语言系统都依据自身独特的切割（découpage）与分节（articulation）原则来构建所指物，这样在体验场中就可以界定出一个大小可变但始终规模有限的可理解域（une aire d’intelligibilité）。但是，如果说没有任何一种语言可以穷尽现实的无限复杂性，那么或许通过从一种语言到另一种语言的过渡，诗人-译者尚有一线希望去接近这部分无法用现存词语表意的现实。

因此，译者不应该想方设法让外文文本归顺自己的语言，而应当尝试将其中的陌生感引入自己的语言，从而打破源语言的封闭状态，为它敞开面向现实中的他者的大门。所以，杜·布歇喜欢翻译他“知之甚少”的语言，如德语或俄语。由于他并不能完美地把握源文本中的词语，这些词语便经常会在第一时间向他呈现出一种基于能指厚度的强烈的陌生感。比如,杜·布歇在翻译曼德尔施塔姆[①]的《亚美尼亚之行》时就撞见了两个亚美尼亚词语。俄国诗人把它们收入自己的诗歌里,向一种他所不了解却钦佩其活力的语言致以敬意,这种活力,仿佛"一小撮红茶"带来的力量:

> 水,在亚美尼亚语中,叫作djour。
> 村庄,ghyour。[②]

这两个音响效果相近的词语却有着迥然不同的含义;对于一个法国人的耳朵来说,这两个词语唤起的意义差距更大:在djour中,安德烈·杜·布歇听到的是"已经"(déjà)或"从现在开始"(dès aujourd'hui)。这般存在于意义与能指之间的差距本应能从一个侧面说明语言符号的任意性,而翻译过程也本应更能印证语言与现实的不断背离。在安德烈·杜·布歇这里情况却不然;从以下插入语的释

① 奥西普·曼德尔施塔姆(1891—1938),苏联诗人、评论家,阿克梅派最著名的诗人之一。——译注

② OSSIP MANDELSTAM, *Voyage en Arménie*, trad. André du bouchet, Paris, Mercure de France, 1984, p. 20. 随后的引文均摘自 *Ici en deux, op. cit*。

义来看，这些外文词语正暗示了物体本身带给他的晦暗与稠密之感：

> djour——突然在语言中出现，距离不断拉远，而我将不会知道，我始终不曾知道，并且很可能永远也不会知道——是水。

词语的音响材料通过它无法削减为单薄意义的实在的厚度被人感知，所以它要求词语的成分中必须含有物质性。这种音响材料为我们还原了先于一切概念的知觉真相：

> 在理解之前，我已经听到。　　　　我不去理解。

诗人译者不是去“理解”（saisir）一个或多或少约定俗成的意义，而是为词语的陌生感而“震动”（saisi），从身体上感受到词语最为实在的分量：

> 那个词，尚未理解的时候，
>
> 在喉咙深处，在二合元音的脊背之上，通过也在那

里的开口元音,我已能够听到。

具有悖论意味的是,让诗人重新接近熟悉之物的,却正是那个外来的陌生词语:

经由这陌生的感觉,物重生了。　　　　　　　物
　　　　　　　　　对我不再陌生。

但是,与此同时,词语造成的陌生感也暗示了物本身所具有的陌生性和不可削减性,而语言总是用贫乏的观念对物进行削减:

世界中陌生的一点,在某种程度上,变成了物,而这个物立刻又变回了——已经,对我来说——未知。

那么,在这种视角下,翻译意味着什么?翻译不是用一个词来代替另一个词,而是试图在自己的语言中找到一条由陌生词汇开辟的通向未知的对等道路:

我翻译——

为了重新摆放，那个在书籍以外且不成为词语的事物。

安德烈·杜·布歇承认，这样的态度有曲解原义的危险，然而他努力想要译出的不是意义，而是超越了一切语言的概念意义的诗歌的能指与所指：

充满活力的

误读，立即，在注意力的极限上生成。直至变成卷走一切的漫不经心——也直至变成这些物与实体，这些词与物……

我——为了更迅速地抵达外部——把它译作“冰川”。

最终的目的是要将世间不可译的他者变成可以感知的事物。为此，诗人译者应该在面对自己的语言时成为局外人，从这个“因此也将成为外语”的语言中，发现新的资源。他应该让词语舍弃它们惯常的用法和约定俗成的定义，为它们赋予建立在诗歌能指之上的另一种功能、另一种价值。那么“翻译法语”也就意味着让法语可以表达它从未说过的事物。正是借助外语的绕行，诗人重新发现并重新塑造了自己的语言，让它得以承载作为世界本质的某种陌生性：

> 在这里留住——一些我们生命源头的陌生感，让它们，犹如空气或山峰，再回到语言中。

拱　廊

某一日，当我努力回想一个曾经特别打动过我的地点时，我也必然地完成了一次类似的绕行。现在，如果说我愿意将当时写下的诗篇与读者分享，这是因为我乐于让理论与实践相结合；另外，这首篇幅不长的散文诗可谓是一种非常个人化的实践综合，汇聚了各种将诗歌的所指嵌入诗歌的能指之中的方式。以这篇诗作为例固然无意与之前引述的作品媲美，我只是希望用这样的方式向前人表达我的敬意。请读：

GALLERIA

Hardiesse altière, la verrière soudain nous baigne de lumière. Et l'allégresse nous élève jusqu'au zénith. Halle en liesse, qui s'embrase à la croisée des regards et des pas.

La vie s'exalte; allons plus loin, forçons l'allure et tous ces murs devenus transparents. Le sol luit si doucement que la foulée s'allonge; la foule glisse comme un nuage. La rosace des gens se noue et se dénoue.

Au bout de l'allée, tout se défait. Le bras tronqué ne tient plus rien. La faiçade s'effondre, et la ville, par pans entiers. Des palisades barrent le passage et la perspective. On se piétine. C'est la galère.

Subsistent, çà et là, quelques îlots; des groupes campent dans le vide, jusqu'au prochain attroupement. Béant, le dôme: un hall de gare.

Un futur pourtant s'échafaude. Une bâche là-haut s'égare, où l'air, victorieux, aime à mains nues, ailées. L'âme en partance tire sur les haussières.①

拱 廊

高傲的胆量,彩绘玻璃花窗突然把我们浸泡于阳光。喜悦送我们直升顶点。欢腾的大厅,在目光与脚步交错而成的甬道那里燃烧。

生命爆发,向更远方前进,加快步伐,所有的墙都变成透明。地面温柔地漫射光芒,步子被拉得细长;成群的人如一朵云在滑翔。人群的玫瑰花环结起又散开。

走廊的尽头,一切都在倒塌。砍断的扶手再也无力支撑。教堂的正面轰然坍圮,城市的围墙整面整面地倾颓。栏杆阻挡了道路和视野。相互踩踏。是一场苦役。

只剩下,星星点点,几座小岛;几支队伍在空旷里扎营,直至下一次的集结。穹顶大开着口:火车站的大厅。

然而未来已搭建好脚手架。高悬的防雨布茫然飘扬,胜利的长风,乐于张开长着翅膀的裸露的双掌。即将启程的灵魂拉紧了绳索。

① MICHEL COLLOT, *Chaosmos*, Paris, Belin, «L'Extrême-contemporain», 1997, p. 10.

那时，我正途经米兰，要在那里逗留几个小时，模糊而遥远的记忆让我萌生了重游米兰市中心的念头。抵达多姆广场以后，我便径直走进了埃马努埃莱二世拱廊，这里不仅是热闹非凡的大众场所，其建筑本身也堪称19世纪城市建筑的楷模。不出几步远，我便感到一股喜悦感涌遍全身，由于我的精神没有丝毫准备，这样的喜悦才更加令我惊讶，可是，另一种痛感也猝不及防地向我袭来，因为，一走出这个美丽典雅的中心岛，我便立即陷入了一片混乱的街区，随处可见的施工现场，标记着一个危机四伏的社会给这里留下的累累伤痕。然而，又是从这个工地中散发出股股生动的气息，将一种源源不断的活力传递给我的精神和肉体。

于是，我渴望动笔，想要将这次的体验铭刻在记忆中，探究它为何会在我的身上产生那般难以解释的鸣响。我开始描写我走过的地方，确信我的感情与当时那些场所的氛围和地形密切相关。美术馆（galerie）这个词主动出现，意欲指称那条令我着迷的“走廊”；但是，除了这个法语单词的意思与它的意大利语对应词不同以外，它的音响效果也完全不能够与我曾怀有的内心感觉相契合。与

“galleria”[①]相比，在我听来“galerie”是那样地暗淡无光，仿佛被熄灭了一样：它失去了双“l”引起的气流冲力；失去了开闭音节“e”释放的音响光泽，甚至还失去了当“i”位于另一个元音音节之前被重读时所爆发的清越之音。我终于领悟到这个场所在我心中引起的共鸣与那个外文地名的音响和声是浑然一体的。我渴望在我自己的语言中也找到与之相同的回声，这样才能够对所指物进行精确的定位，才能够如医生诊脉那般聆听到它在我体内的鸣响。于是我决定以*Galleria*来命名我的诗歌，希望让这个题目的音响在我的体内回荡，正是通过这种方式，我才能够洞察某些令我动情的感觉印象。

诗题词语的中间部分在我的身上激发了一股无法抑制的冲力，让我回想起教堂彩绘玻璃花窗那垂直向上的升腾，仿佛要连通苍穹；这个部分唤醒了那猛然涌进我体内的动能，我的身体突然产生了一种不停前进的欲望；我的写作也御风疾行，欣然任凭词语与观念自由地组合。成群的法语单词拥挤在我的笔端，意欲传达那个意大利的城市与它

① galleria是gallerie的意大利语对应词。——译注

的语言给我带来的生命冲动；我保留了那些表现高度与动感的词语，毫不犹豫地反复运用相近的能指与所指来填饱诗句，努力去传达这次体验给予我的强烈感受："高傲的胆量""生命爆发，向更远方前进，加快步伐"，……

词语的末尾部分则更能提示场所的氛围，让人想到某种我们在巴黎的走廊里寻觅不到的空气与光的质感，一种由开阔的空间，以及铁、大理石、玻璃这些建筑材料的透明度和金属光泽营造的品质。为了让我的诗句更轻盈、更透亮一些，我大胆使用了一种三重内韵：高傲的胆量，彩绘玻璃花窗突然把我们浸泡于阳光；我没能抑制住让空气也"笑一笑"的快乐。这是因为，轻逸、明媚的氛围与石头和身体的冲动凝结成了一种欢快的感情色调，为了纪念翁加雷蒂[①]，我想用一个天衣无缝的字母位移修辞法（anagramme）来表达这种感情：将"galleria"置换成"allegria"。由于法语对应词"allégresse"（轻盈）将我引向了"hardiesse"（胆量）和"liesse"（欢腾的），我便顺遂其意，仅在我的诗中留

① 朱塞培·翁加雷蒂（Giuseppe Ungaretti，1888—1970），意大利诗人，意大利实验诗歌流派隐逸派的代表人物之一，对20世纪意大利文学产生了深远影响。此处作者是为纪念他的诗歌《欢乐》（*L'allegria*）。——译注

下速度（tempo），即活泼的快板（allegro vivace）来提示诗歌的速度了。

至于诗题词语的第一个音节“ga”，却并没有给我带来过多灵感，更确切地说，它在我身上唤起了差异迥然的情感。我从身体上感到这个起始的塞辅音仿佛阻碍了舌头与喉咙的运动；它的粗糙生涩与随后流辅音“l”和“r”的流畅灵动形成鲜明的对比。如果说“ga”这个音节直到诗歌的中间部分才出现，那么，这或许并不是一个巧合，尽管我当时没有完全意识到这一点，这个部分好像是对诗歌开篇时热烈奔放的抒情施以的致命一击。它与在诗歌第三节中反复出现的音节“pa”相互呼应，完满地传达了否定的含义。毋庸置疑，在不同的背景下，相同的能指可以被灌入完全相反的意义：无论是“une galère”（苦役）还是“halle de gare”（火车站的大厅），它们都与“galleria”（拱廊）的含义大相径庭。

物与词的和谐一致，体现在随后出现的“茫然飘扬”（s’égare）一词上，这个动词的自反前缀重新激活了精神与诗歌对未来同样踌躇不决的运动状态，为了让这个前进的运动臻于圆满，接下来在诗歌倒数第二句的后半部分“胜利的长风，乐于张开长着翅膀的裸露的双掌”（l’air victorieux rit, aime à mains nues, ailées），我不乏幽默感地把意大利地名中的九个音节都搬移到了这个十音节的诗句中①。随着音乐的**收尾**，我期望让人们听到主导这篇散文诗的情绪色彩与音乐色彩，我希望它是欢快的，带有意大利风情的。

这个通过词语进行建造的游戏因此让我可以表达一种把我嵌入到世界与语言之中的体验。这个由词语筑成的小型建筑仿佛一座记忆宫殿，我喜欢常去那里行走游涉，倘若与一张照片相比，我在那里可以更好地重新体验我生命中的某一段时光，重新感受某一个确切的地点曾经有过的氛围。由于把意大利语地名搬移到了我的散文诗中，我便把这首诗放置在了欧洲语言的某种状态以及普遍的时空关系网中，同时也把我的个人境遇烙印在了它的字里行间，这首诗因此而获得了一种独一无二的音响共鸣。它的所指物既具有语言学的意义，又具有历史地理以及存在体验的意义。埃马努埃莱二世拱廊是一个专有名词、一个公共场所，同时

---

① 此处所提及的十音节诗句原文为“l’air, victorieux, aime à mains nues, ailées”，朗诵诗句时的发音与埃马努埃莱二世拱廊这个地点的九个意大利语音节发音几乎相同。很遗憾此处中文译文只能保留诗歌的所指含义，而无法还原原诗歌的能指风貌。——译注

也是我个人世界中的一个部分。但是,除了从共享的文化和独特的个人视角出发以外,我们还能从其他途径接近真实吗?

我当然可以像字义主义(littéraliste)的某某诗人那样,从某本旅行指南中剪下这个地点的相关描述文字,然后依据一种别出心裁的布局把这些碎片拼贴在一张页面上。我会因此得到一篇更为客观的作品吗?我本可以做一名纯粹的客观主义者,只满足于摆弄那些已经写成的文字,对物与自我漠不关心。对文字的剪裁与拼贴并不会比陈旧的模仿(mimesis)让我们更加接近真实。这些机械刻板的手段与老式的达格雷照相机产生的效果如出一辙。我承认,若想从身体上、文字上和情感上都达到身临其境的体验,我尚须付出更多的努力。一首诗应该亲密地联结诗歌的所指与能指,才能够真正触动我的情感,为我敞开更为宽广的视域。

诗歌与感觉

无论是对于诗人还是艺术家，“一切都始于一种感觉、一种情感”[①]，弗朗西斯·蓬热此言足以穿越时空，与中国古人的诗歌艺术不谋而合，后者把“触景生情”[②]视作诗歌创作的源泉。人们对世界的情感体验与诗性体验纷繁众多，感觉的体验便是其中之一种，我们在此有必要把感觉(sensation)与知觉(perception)的内涵加以区分。

感觉与知觉

现象学明确指出，知觉，特别是视觉知觉，从来都不是

① FRANCIS PONGE, *Pour un Malherbe*, Paris, Gallimard, 1965, p. 246.

② 参见FRANÇOIS JULLIEN, *La Valeur allusive*, Paris, PUF, 2003, p. 62。

对感官材料纯粹被动的接收，而是对这些材料进行阐释，把它们组合成一个生成形式和意义的结构，这个结构尤其在形象与背景、物与物的地平线之间搭建了桥梁。但是，我们有时也把世界当作另一种结构更松散、程度更强烈的体验，我们称之为“感觉”。这个词指称一种感性的领悟，这种领悟不仅先于反思、先于概念，同时也先于知觉本身而存在。

世界在感觉中并不呈现为一种依据透视原则组织和架构而成的表象，透视法让我们与世界拉开距离，让世界中的各种组成部分之间相互建立联系。然而，世界在感觉中呈现为一种未经分割的混沌状态，物与物之间尚未互相区分，主体与客体之间没有明显差别，所有的物体都处在同一种“密实的联系”[①]中。在这个状态中，内与外、知觉的经验与情感的体验相互混淆；我们不是将眼前之物捕捉，而是被它们所攫获。

通常情况下，我们更多地通过视觉以外的渠道来感知世界，视觉只是我们的感官中最为理智的一个。我们都了解，嗅觉、味觉或触摸的感觉能够多么强烈地唤醒我们的情感记忆，并且促成一个内部与外部不可分割的世界的诞生

① ANDRÉ DU BOUCHET 在 *Peinture, op. cit.* 中提及“被称作世界的密实的联系”。

（或重生）。西方传统在对风景的探索中为视觉赋予了过度重要甚至是独一无二的地位。然而，风景并不能简化为一个单一的视觉场景，它同样向着其他感官开放，并且从灵与肉两个方面牵动着一个完整的主体。风景并不仅仅供人观看，而且还供人感知和感觉。

让我们到海边去

为了让我们心悦诚服，我提议去海边散散步。我们在海边获得的最重要的感受有别于视觉的秩序，甚至也与图像无关。因此，当我们渴望拍摄大海的时候，便会遇到困难；我们拿回的苍白的底片令人沮丧，那里永远缺失最重要的本质，缺失属于触觉而非视觉范畴的本质。海边的一切都与触觉和触摸息息相关。卸去衣服的身体变成了张开的掌心，抚摸着空气、海水和土地，摸索着与另一块肌肤相触，即与世界之肉，或者与燃烧欲望之身相触。重新扎入海水中的身体仿佛浸没在分娩前的羊水中，表层的肌肤张开毛孔，像一株久旱逢甘霖的植物，焕发生机。在那一刻，游泳者重新变成了一条鱼；在陆地与海水的交界地带过上一种水陆两栖的生活。

海边是一个让我们全身心沉浸的**环境**，我们不可能也不希望与大海拉开距离，尽管这个距离在传统意义上是构成真正风景的必不可少的要素。当尝试这样做的时候，我们经常发现海边的风景平坦得令人绝望；沙滩，大海和天空划出了三条地平线，组成了三道层层叠起的风景带。当日头正酣，阳光的亮度和热度都达到极值的时候，任何透视，甚至连空气的氤氲都不再能够由远及近、层次分明地排列这三个空间。地平线本身既无法暗示他处，亦无法让人想象纵深；充盈之状臻乎完满，将我环抱在一个自给自足的星球中。一条边缘，一道空白，突然间代替了整个宇宙；移动的风景带中汩汩流淌着不易察觉到的能量细流，身体却能够深切地感受它们的存在。

如果不是通过艺术或诗意的表达，我们又如何去捕捉这个既逃避概念又逃避知觉的现象呢？马勒迪奈继欧文·施特劳斯[①]之后确定了感觉（aisthésis）和美学（esthétique）之

① 参见HENRI MALDINEY, *Regard Parole Espace*, Lausanne, L'Âge d'Homme, 1973; ERWIN STRAUS, *Du sens des sens*, trad. Georges Thinès et Jean-Pierre Legrand, Grenoble, Jérôme Millon, 1990。

间的分节点，它正处于风景体验中“感觉触动”(phathique)的时刻，处于那个既先于意义构建又先于主客之分的瞬间。艺术尝试去领悟我们与世界之间的原始联系，这种联系不属于知觉的范畴，而是凭借感觉来维系。通过对源头越来越深入透彻的探究，现代艺术与诗歌感受到了将风景去形象化(dé-figurer)的迫切愿望，这样才能够表现我们对风景的最初体验中那些逃脱了形象化与知觉窠臼的东西。这一假设不乏例证的支持。我只以塞尚为例，因为他开启了风景美学的全新时代。这个新的风景美学以感觉“彩虹般的混沌状态”为基础，画布是“迷狂的感觉接收器”，这种混沌状态终结了艺术家的素描画作(或作画意图)中过于秩序井然的空间构造：“赤红的土壤从深渊中涌出。我看见。泼洒的颜料。素描的世界塌陷了，像经历了一场殃祸。灾难夺取了胜利。”①

为了表现深邃的风景体验在我们身上引起的强烈感觉，绘画必须超脱那些将风景简化为视觉场景的约定程式。印象派因此开始模糊物的轮廓，消融物的形状，从而让感觉的细小微粒在空间中自由地弥漫扩散。然而，点彩画派的

① 转引自 JOACHIM GASQUET, *Cézanne*, Paris, Bernheim jeune, 1921, p. 136。

画家们并没有将这种散布微粒的技法进行到底。他们最常做的是依据最传统的透视法则为颜色与光线的颗粒重新排序，有时会以最陈旧过时的艳色画来取代丰富多变的色彩。野兽派的画家们更贴近感觉的烈度，尤其是马蒂斯曾说道："最先来到的是感觉。"

但是具有悖论意味的是，正是在发现和探索抽象的过程中，首先是康定斯基和蒙德里安，随后是尼古拉·德·斯塔埃尔（Nicolas de Staël）和奥利维尔·德勃雷（Olivier Debré），成功地在画布上嵌入了不受任何再现方法束缚的风景。新的工具和媒介让当今的艺术家们可以解构图像，把那些构建图像的成分从形象化观念的枷锁中解放出来，以便能够借助色块、光影、波谱或像素来重新组织一种前所未有的风景表达。

但是，如果说造型艺术家掌握着本身就属于感性范畴的材料，能够还原感觉体验中的物质-情感，那么诗人要如何对后者进行表达呢？诗人唯一可用的材料就是语言，而语言的习惯是去传递多少带有抽象意味的观念："狗"这个词是叫不出声的。怎样才能让一个本质上静默无言的体验进入话语的世界呢？

瓦莱里和感觉

瓦莱里是对语言规约和知觉法则之间的紧密联系拥有最敏锐觉察的诗人之一，知觉的法则在我们的视觉观察和话语表达中阻隔了很大一部分感性的体验：

> 由日常语言进行表达和指引方向的日常视觉是一种排除，是省略而非获取的产物。
>
> 知觉的摧毁力量要大于它的给予能力，因为知觉是感官接收的事物与其他成分的结合物，而这个结合物要进行**筛选**。[①]

在选择和组织感性材料的时候，人们习惯的知觉原则和语言符码所压制的，正是感觉的烈度。感觉的这股力量瓦解了形式，向一切定义和命名的行为提出挑战：

① PAUL VALÉRY, *Cahiers, op. cit.*, t. 2, p. 1034.

> 如果说感觉是强烈的，那么知觉却是延迟的——能量成分首先压倒一切。……
>
> 我们看到的不是一棵“树”，而是斑斑墨迹。[①]

然而，对于诗人和艺术家而言，一切造型创造或语言创造的原材料恰恰存在于知觉操作过后的那些残留物中；他们各自努力“重新感知那些被摧毁的事物——重新寻觅那原始的混沌、完整的感受性和主观的感觉”[②]。他们需要重新沉浸在感觉的“原始混沌”中，再创造一个世界，这个世界不是由我们所习惯的视觉再现和常用表达构成的凝滞不动的宇宙，而是一个生机勃勃、涌动振荡的**混沌宇宙**。

矛盾之处在于，对感觉的探索需要的是苦行的意志和辛劳的工作；这是因为瞬时的感觉被知觉和语言的深思熟虑层层掩蔽，我们必须将这些屏障摧毁才能够获得与感觉连通的机会：“只有成为**艺术家**，才能够逆着知觉的脚步，回归尚无意义加载的感觉印象。”[③]而只有成为诗人，才可以将

---

① PAUL VALÉRY, *Cahiers, op. cit.*, t. 1, p. 1176.

② 同上书，t. 2, p. 988。

③ 同上书，t. 2, p. 1026。

卸去一切明确意义的感觉灌注到词语中：在瓦莱里看来，诗歌是“一种通过会发声的语言，对**这一个**或**这一些**事物进行再现和复原的尝试，这些事物，是嘶喊、泪水、爱抚、亲吻、叹息等行为试图模糊表达的对象，而且**客观之物也似乎想要对这些对象进行表达**”。①

为了回应静默无言的感觉提出的挑战，诗人需要重新激活语言为日常交流传递意义时所牺牲的这一整个部分：“声音、节奏、词语的挨靠和它们之间的相互影响主导着诗歌，词语不再只为了一个被明确规定的意义而存在。”②只有调动所有在日常交流中极易忽略的“语言的感性品质”，诗人才能够在语言中加入一种感觉的对等物，记录下那些与感觉相连的情感。通过在词语之间创造“感觉印象的叠韵”，“意境深远的回响”，诗人意在为诗歌塑造身体，为它赋予一个承载着感性分量的意义。

我们可以认为，瓦莱里的创作实践并不总是忠于他的雄心和意愿。他会对如何用意识和最为清醒的理智来驯服

---

① PAUL VALÉRY, «Tel Quel» in *Œuvres complètes*, t. 2, Paris, Gallimard, «La Bibliothèque de la Pléiade», 1960, p. 547.

② PAUL VALÉRY, «Commentaire de Charmes» in *Œuvres complètes, op. cit.*, t. 1, p. 1510.

毫无节制的感性表现出过度的忧虑，因此，他用一个形式严整的框架约束感性，却阻碍了感性的诗意升华。若想沿着感觉的方向走得更远，至少应该让自己摆脱诗句（vers）与语句（phrase）的边界限制，而瓦莱里在一般情况下对这种区分奉为圭臬。相对于他的诗集，瓦莱里反而在一些零散的随笔和短诗中更为贴近感觉的方向，那些被称作“抽象”的短诗实际上却非常具体，它们都被收录在瓦莱里的《笔记》[①]中。

为了让语言能够传递感觉的强度，需要为词语卸去句法的沉重枷锁，让词语轻盈地散布在纸张上，20世纪的诗歌先锋派们曾经这样做过，并为后人留下了丰富多样的作品。只不过，他们的实践顶着损害诗歌可读性的风险，因而会导致转化成语言的体验无法传递，从此，这个体验将永远令人绝望地哑然失声。音响诗歌或字母派坚称要将能指彻底解放，这种做法却割断了语言的图像品质或音响品质与语言的意义之间不可分离的联系，这个联系正是诗歌最重要的本质，只有它的存在才能够在诗歌中引入感性体验的对

① 由Michel Jarrety近期悉心为这些散文诗编纂的诗集对其价值给予了公道的评价，参见*Poésie perdue* dans la collection «Poésie» chez Gallimard。

等物。

为了使感觉体验进入语言，语言或许不可避免地要对自身从**体验状态**（Erlebris）到**经验状态**（Erfahrung）的过渡进行反思。至少，这是我从我的阅读体验和写作实践中获得的信念：虽然诗歌的任务是重新激活感觉和游荡在“符号母体”中的情感，但是为了表达和传递这些感觉和情感，诗歌应该能够把它们翻译成具有象征意义的编码，诗歌的创作可以运用这些编码，但是不能完全无视其中的规则。

混沌宇宙

对我而言，诗歌通常从一种感觉或一种情感中萌芽，强烈的体验让我的身体凝滞，让我的话语戛然而止。无论这种感觉是来自外部还是源于内心深处，最经常的是二者兼而有之，它都会让我直面双重的存在之谜：世界对我以及我对世界的显现。在此时此刻的存在感引起的惊奇之情中，展开了一个宇宙和身体相互重叠的空间：在这个空间中，我的身体通过**移情**（Einfühlung）与世界之肉合二为一，内与外不分彼此。只有在事后，有时是经历了长久的遗忘之后，无意识的记忆陡然重现或涌入脑海的时候，我才能够启程探索这个不受目光和话语羁绊的空间。

因此，为了重新学会言说，我必须摸索着潜入黑夜般的身体，穿透坚厚的语言。很多时候，最初的几个词语压在我的心头，用它们所要尽力表达的感觉同样的力度，它们似乎与那样的感觉难舍难分，仿佛是许许多多物质–情感的小碎块。这些最先到来的词语为我奏响了诗歌的基准音，回荡在空中的情感音调渲染了心绪、世界和词语。但是，为了让这个基准音能够被人聆听、被人理解，我还要试着为它加配和声，扩展音域。正是通过揣摩词语在音乐、情感和意义上的三重共鸣，我才能够尝试着去破解这些词语所携带的玄奥隐秘的启示。

于是，有这样一个首尾缩合词，我曾经在阅读乔伊斯的小说《芬尼根守灵夜》时被它所震动，[①]而这个词又在一个意想不到的场合陡然在我的心头闪现。一日，大海的波涛

---

① 此处指Chaosmos，由chaos（混沌）与cosmos（宇宙）缩合而成。故译为“混沌宇宙”。这个由乔伊斯自创的词语后又被法国当代哲学家德勒兹（Deleuze）在其哲学论著中援引。——译注

拍打在迦太基废墟的脚下，浪花飞溅，在海浪沉浊的击打声中，我以为自己听见了这个词语低回的吟唱，它的回声同时震动着世界、语言和我的生命存在，不仅孕育了一首诗歌，而且还随之诞下了一整本诗集。诗歌中，我尝试着表现这个首尾缩合词和我所看到的风景在我的身上唤醒的感觉与情感：

混沌宇宙：海畔浪卷沙石，猝然而沉浊的回响，陡现白石穿空，对抗着地平线上雷雨翻滚的蓝，梦想中秩序与混沌的渗透。

古罗马的浴室，毁弃的泳池，残破的引水渠，人们渴望指挥的水流，重新征服了一切。海水如掘土机翻动我们的肺腑，骨架暴露在苍穹。皮开肉绽的红砖滴落的鲜血，和它在草丛中的呻吟。[①]

风景从这个首尾缩合词中诞生，又在它的体内浓缩，像这个词语一样受到对立的两极不断抻扯的张力，诗中的风景不仅体现了摧毁一切人类建筑的暴力冲动，同时又表达

① MICHEL COLLOT, *Chaosmos, op. cit.*, p. 6.

了在覆亡世界的废墟之上重建一个新世界的渴望。诗歌的伊始是秩序摇撼的时刻，这个秩序支配着我们对宇宙的再现描绘，又迫使我们对生命和语言习以为常。我们因为眩晕而涌进物质-情感的湍流，在那里，我、世界和词语进行着永不止歇的移动、汇聚和分离。但是，这个回归混沌宇宙的历程也为我们提供了重生的机会。

我想更为详细地讲述另一首诗歌的诞生过程，这首出自同一诗集的诗歌题为《水彩画》：

> Buée sur la vitre; le papier boit, la brume peu à peu se lève. Un Champ s'bauche, et la couleur ivre déborde. La vie afflue. I'aube dérive et le bois vert aux emblavures de la terre et du ciel. Lèvres luisantes des labours: l'horizon s'ouvre et balbutie.
>
> Trempées de lannes et lie de vin, nos chairs s'épanchent l'une en l'autre; nuées se fondent en l'eau du monde.①

① MICHEL COLLOT, *Chaosmos, op. cit.*, p. 50.

玻璃窗上的水汽；白纸饮墨，薄雾寸寸爬升。一片农田现出轮廓，醉人的色彩鲜艳欲滴。生命蓦然涌现。曙光改变了流向，翠绿的树林在天空和大地衔接的麦田之上。深耕的土地泛着亮光的嘴唇：地平线张开，含糊地吐出话语。

浸泡着泪水和红酒的沉淀，我们的肉体不住地流溢，成团的云融化成世界上的水。

创作这首诗歌的原始冲动来自一种状态，我认为这种状态为那些最纠缠不清因而也最饶有趣味的感觉提供了栖息的沃土：这就是从酣睡到苏醒的过程，意识逐渐从无意识中升起，意识在一个尚未与之分离的世界中脱胎，曙光仍然混合着夜色的昏暗，漫射的光芒让那里的事物分不清彼此。

我刚刚在半睡半醒中睁开眼睛，看到房间的窗户上水汽迷蒙。初秋的第一次发现令我感到惊讶：我想该不会是睡意模糊了我的视线。我便起身走向窗边：眼前的风景半浸在雾霭中。我转身向着一幅挂在墙上的水彩画走去，在这幅由塔尔·库特（Tal Coat）所作的画幅小巧的作品中，我感受到了同样湿润和氤氲的氛围。

我的头脑中立即出现了最先到来的三个可以算作描写初醒的句子，我赶忙将它们记在纸上。第一句几乎难以单独成句。对我来说，为了表达先于一切反思的陡然而至的感觉，就必然要使用省略形式和名词结构。如果我这样写，"看，窗户上有水汽，今天早晨"，或者"玻璃窗被水汽覆盖"，那么虽然意思几乎相同，但是诗句的效果大相径庭。名词结构由于没有主语与谓语的区分，因而极为适合表达世界的前反思状态（antéprédicative），那时的主体与客体尚未分化，就如同反抗一切分析行为的情感或感觉中的体验。[①]

由于分离尚未出现，我、世界和词语之间可以相互交换各自的属性特征：薄雾与我同升，纸张啜饮墨水或颜料。从一个句子到另一个句子，我感受到铿锵应和的音响，"buée"（水汽）对应"brume"（薄雾）；"vitre"（玻璃窗）与"papier"（纸张）的辅音在"peu à peu se lève"（寸寸爬升）中重现相合。这些有力的回响在我的体内奏响共鸣，似乎与原始的感觉相连，却又与我的感觉体验同样模糊而神秘。为了更

① 参见«La Syntaxe nominale» in MICHEL COLLOT, *La Matière-émotion, op. cit.*, p. 282。

好地吸收词语的共鸣，更准确地聆听其中的深意，我拿出一张白纸，将它在桌面上横向放置。

这样的安排为三个句子的周围留置了更宽余的空白空间，我可以更加随心所欲地排布这几个句子提示给我的多种多样的词语组合。因此，从因素“i”“v”“l”和“r”起始，一连串的词语陆续在纸面上散开，我在其中努力寻找，尽力表达我体验到的感觉想要传递的意义：“rive”（河岸）、“ivre”（迷醉）、“vineux”（散发红酒香气的）、“dérive”（漂流）；“lavis”（水彩画）、“lève”（升起）、“lèvre”（嘴唇）、“livres”（书籍）……纸张成了我的调色板，供我调配的不是颜色，而是义素（sème）与音响和声。我隐约感到，我正在不断靠近的那个意义隐藏在语言二次分节[①]的单元中，而这些单元不具有语言中那些约定俗成的意义：它们仅仅是一些音素、双音素（diphone）和音节。

① 语言的双重分节 (double articulation) 是人类语言区别于动物语言的重要特征，因此人类语言也被称为“分节语言”(langage articulé)。语言的初次分节（或译“第一分节”）是指陈述语 (énoncé) 可以被划分为多个具有能指和所指的语素 (morphème)；语言的二次分节（或译“第二分节”）是指语素可以进一步被划分成若干不具有含义的构成单位，语素的发音可切分为音素 (phonème)，语素的词形可切分为词素 (monème)。参见安德烈·马迪内《普通语言学基础》。——译注

有时,我也会在其他语言,比如英语或德语中寻找破译和声的钥匙,这些语言瞬时在纸面上显影,仿佛能够为我提供一个对等物,用来表达法语无法传递的感觉体验。我在空白处记下:“Burst into tears”(英语:泪如雨下),以及“Erbarme”(德语:慈悲),这个词是对巴赫的一曲著名咏叹调《马太受难曲》的追念。正是在这些外文词语中,一种交织着泪水、同情和欢愉的情感中的陌生性和矛盾性才得以体现出来。然而,这些词语将不会原封不动地保留在诗歌中,而是会被改造或重译为法语。因为在通常情况下,我更倾向于留守在自己语言的疆域里,以便能够更有效地从内部拓宽它的界限。

这些调色板同时也是一些把意思不同的词语聚拢在同一种和声光晕里的**音丛**,这样的和声十分贴近我的那些模糊混沌的原始感觉。我常常感到朗读的渴望,即便只是默诵这些微小的语言细胞,就如同一个咿呀学语的孩子那样。我仿佛正在为我自己重新铺就一条主宰语言诞生的道路;一些研究过印欧语系词根的语言学家在音节中发现了一种与众不同的第一语义单元,它比语言初次分节中的单元更加面向多义性和人们的感性体验开放。

让我含糊嚼语的情感同时感染了我眼前的风景：地平线与我的嘴唇同时微微张开。我采用了“风景”格式[①]，尝试在纸上划出一道道沟痕，意义便会顺着一种与刚刚翻土和深耕过的麦田同样柔韧的介质自动开辟出一条道路，在那里，诗歌与风景一点点地获得了形体，这并非巧合。为了给它们赋予一个更加清晰的形式，在第二个阶段中，我必须不再拘泥于风景的横向格式，并且不惜大量地放弃一些曾经促成诗歌萌芽的边音组合，因为如果它们无限增殖，很有可能会严重损害诗歌的可读性。我只保留了那些可以帮助我塑造“整体印象”的词语组合；我需要把这些词语连接成句子和句群，同时又十分重视为它们注入节奏韵律，让诗歌的意义不仅可以被理解，而且可以被感觉。

有时，如果我们想要留住本质，就必须与那些最原始的感觉印象分离。马蒂斯本人就曾写道：“正是在我与我的自然感觉直接相通的时候，我才确信自己可以从中抽离，为的是能够更好地呈现我所感受到的东西。”[②]如果我们仍然

---

① 排版术语。“风景”格式 (format «paysage») 即为“横向”格式，“肖像”格式 (format «portrait») 即为“纵向”格式。——译注

② HENRI MATISSE, *Écrits et propos sur l'art*, Paris, Hermann, «Savoir: sur l'art», 1993, p. 97.

希望使用可以沟通的分节语言，而不是陷入言语错乱和不知所云的境地，那么，复原感觉的原始状态恐怕是一个不切实际的愿望。为了在语言的框架内注入原始感觉那撼动心灵的能量，就必须尽可能地扩展而非打碎这个框架。恰恰是因为感觉让我们无言以对，所以才激发了我们推移语言疆界的欲望。在语言的内部，我们无法找到对感觉的诗意表达，只有在语言的外部，只有通过对语言深刻而亲密的认知，我们才能够揭示它种种神秘的潜能，才能够唤醒那些在语言中“潜伏的生命”。

感觉的混沌状态必须在秩序的指引下形成一个密实又具有一定结构的微宇宙，这样才能让读者在一个共享的世界里领悟意义，避免这种持续的混沌变成一个无法与他者沟通的**特异宇宙**（idios cosmos）。正因如此，我在这首诗中选用了散文诗的形式，散文诗保证了与原文相当程度上的一致性，同时又在其中巧妙地引入了逻辑、句法和语义上的断裂，并增添了一种广泛的模糊性，使人们可以聆听到一条汩汩流淌的“意义潜流”（即爱伦·坡所珍视的潜台词），它是由那些语音-义素链在字里行间交织而成的。印刷排版的方式保留了原始布局的痕迹，暗示了第一份手稿横向放置的状态和翻耕后的麦田上留下的一道道沟壑。

所有这些暗示从此以后便嵌入了“纸张-风景”中，组成了它的框架与感觉的质地。“纸张-风景”让人们去朗读，去观看，并且去倾听宇宙中的混沌运动，它用秩序引导感觉，为感觉赋予形式和意义，虽然留住的是感觉的痕迹，但是能够让人理解其中的深义。

跨越地平线

当我完成了一次散文诗和诗体散文的创作，并把作品收录在《混沌宇宙》之后，为什么我又开始着迷于“格律诗的古老游戏”呢？在前一部运用格律的诗集中，[①]我只不过实践了自由诗发明以来所有合理的破格手法，以便让诗句如碎片般散布在纸面上，可是这一次，我惊讶地发现自己不仅在计数音节、排布断句和重音，甚至还不顾风险地设计韵脚和半谐音（assonance）。这难道不是倒行逆施的做法吗？我是不是受到了那些用亚历山大体诗句高谈阔论、强调复兴格律必要性的现代布瓦洛[②]们的影响？或者我已在

① MICHEL COLLOT, *Issu de l'oubli*, Bruxelles, Le Cormier, 1997.

② 尼古拉·布瓦洛-德普雷奥（Nicolas Boileau-Despréaux, 1636—1711），法国著名诗人、作家、文艺批评家。其文艺理论专著《诗艺》（*L'Art poétique*）被誉为古典主义的法典。

不知不觉中被亲爱的苏佩维埃尔传染？我刚刚编纂了他的诗集，诗人对于“神奇芦笛”[①]的极乐境界与变化无常甚至到了无法抵抗的地步。为了让情况继续恶化，我甚至开始用起那些看起来最容易也最机械化的短韵律的诗句，这样的格律在传统上只用于最不严肃的体裁中：餐桌歌曲，打油诗，讽刺诗或滑稽诗。

毫无疑问，这一切大概只能算作一种在长时间高强度工作之后的暂时性的娱乐。我把这些在迷茫时期诞生的不甚光彩的作品推进抽屉的最深处。然而不曾想那个短促的音律最终如同回旋曲一般在我的脑海中挥之不去。每当我有意愿或渴望写下一首诗的时候，诗歌就会自动趋向这个形式，仿佛故意要与我作对：这个形式是强加在我的身上，而非我主动选择的结果。最初当成的一场游戏却把我带到了超乎想象的地方。我逐渐接受了这个游戏，从此开始隐约体悟到它对我的馈赠，不知不觉中，它重新调动了我的存

① 于勒·苏佩维埃尔（Jules Supervielle, 1884—1960），法国诗人，散文作家。芦笛（Mirliton）在法国是一种节日时常见的硬纸板做的笛子。神奇芦笛在此处一语双关，既指苏佩维埃尔的诗歌《神奇芦笛》（它是诗人为孙女罗兰丝所作的带有游戏性质的诗歌，全诗选取六音节韵律，严格押韵），亦指一种类似打油诗的诗歌体裁。——译注

在方式与写作方式,唤醒了我的写作之身的**习性**(habitus),唤醒了我的自我意识。这个新的诗歌形式向我宣告了我已然发生的变化,并不断促成着我的蜕变。从此以后,我不再为这个形式感到羞愧,我接收了它对我毅然决然的主张;无论是否心甘情愿,我决定至少在一段时间里跟随这个形式,看一看它究竟把我带向何方。

我没有为这趟旅行感到失望,这个形式带领我发现了很多新的地方、新的情感。我们一起经历了很多快乐,一大批短诗应运而生。时至今日我都无法确定自己能否控制它们迅速增殖的趋势,尽管我已决定把这些短诗收录在一本名为《永动的恒定》的诗集中以限制其数量,我依然感到了蠢蠢欲动的态势。那些未被发表的诗作发出了抗议,新生的诗篇已经在呼求我的注意:其中的一些已经在刚刚问世的第二部诗集中找到了归宿。①

但是,现在的我已经可以站在旁观者的角度来试图理解是怎样的动机促使我接受这个本来并不属于我的形式,并且用理性的语言来解释其中的原因。由于生活与写作密

---

① MICHEL COLLOT, *Immuable mobile*, Bruxelle, La Lettre volée, «Poiesis», 2002, *De chair et d'air*, Bruxelles, La Lettre volée, «Poiesis», 2008.

不可分地指引着我的选择，我将尝试像考古学和谱系学的工作一样追根溯源，同时提炼出逻辑的联系。因为这场（并非一帆风顺的）探险不仅要回顾我个人的历史，而且也与一场针对当代诗歌形式的集体辩论息息相关。所以，我将会让叙事与反思并进，在此请原谅我讲述了个人的故事，援引了我自己的诗句，荒唐地在众人面前进行着自我评论。我安慰自己，如果这个荒唐之举真的具有杀伤力，那么世界上就不会再有那许多活着的诗人了。

十月，一个晴朗的清晨，我从贝希门（la porte de Bercy）进入巴黎城区，只见眼前升起了一条粗壮的浓烟，从工厂的烟囱里滚滚而出，映着初升的旭日变成了一坨光芒四射的云团。目睹污染物变成光源的震惊在财政部大楼映入眼帘时甚至也没有减退，平日里这栋大楼总是令作为纳税人的我感到沮丧。这栋给人以压迫感的大楼坚实地遮挡了巴黎东部的视野，在我们面前挺立起用公共财产和民众哀苦筑成的高墙，那一天，它在我眼里就像一座凯旋门，霸道的拱门横跨在快车道两旁，它故意违背城市规划的原则，放肆地把一侧的门柱伸进建筑下方波光粼粼的河水里。这座政府机关的庞然大物仿佛志在必得，举重若轻，要与埃特尔塔的象鼻山悬崖一决雌雄。

这个景象一直纠缠我到傍晚，回到家以后，我急切地把它记录在日记本里，只用几个稀疏平常的散文句子，同许许多多其他的记录一样，都是为了将一些相似的顿悟铭记在心中，那样的顿悟体验总会不时地在我日常生活的经纬中戳开破洞。这简短的备忘笔记将会在一个句子向我袭来的时刻变成一段回忆录和一首散文诗，这个句子的节奏不断增强、不断充盈，迫使我一行接一行地写下这些文字：

> 写作，入睡，一行接一行，在死亡的床榻上，波痕一道接一道，浮现一张脸，跨越地平线在清晨之拱的侧柱之间。

刚刚写完这些词语，我便产生了把它们重新改写成诗句的欲望；

> 写作，入睡，一行接一行，在死亡的
> 床榻上，波痕一道接一道，浮现
> 一张脸，跨越

地平线

在清晨之拱的侧柱之间。

这样的文字布局仍然保留着散文的痕迹，特别是第一行的水平延展。但是从下一行开始，我逐渐将诗句缩短，无意识地违背了一条不成文的规则。当巴纳斯的摄政王[①]宣布禁止使用诗句跨行时，他清楚这意味着什么：他要让诗句和整首诗歌都屈从于句法和理性的法则。我多次在一个保证语义和句法连贯性的关键节点上切断我的句子，在这样的过程中，我不断重复着那个起源久远的断裂运动，是这样的断裂让诗句成为不同于散文的不均等的线条。我重新演绎了**逻各斯**与诗歌的离异，那些恣意洒脱的诗人们在整个法国诗律的沿革历史中都在坚持不懈地促成这样的分离。法语语句的主谓结构对诗意的乐趣来说是一种障碍，因为诗歌的乐趣来自另一种逻辑，这种逻辑蔑视二元对立，青睐语义的模糊性和第三者的参与。

诚然，我在《混沌宇宙》中的散文创作意在打破句子

① 即布瓦洛，参见前面注释。——译注

和文章的逻辑连续性，用图像和省略的形式引入惊奇的效果，创造出一种不同秩序下我所期望的诗意的协调。但是，从同样的工作中也萌生了另一种渴望，我想要在我的写作脉络中以更强烈的方式嵌入电流的短路，嵌入那些让语言更富有张力的或含蓄或唐突的中断。在使用诗句形式的同时，跨行也成为我必然的选择，它可以打破诗句之间的疆界，表达身体与灵魂向前冲跃的势能。跨行同样也是一种象征，如此一来，诗句本质上的不连贯性与语句的连贯性就构成了一种既联结又对立的关系。于是，诗歌中的短句成了我的首选，因为它能够更多次地体现诗句的韵律与语句的句法之间的落差。这是另一种表现秩序与无秩序的矛盾运动的方式，《混沌宇宙》此前已经将这种矛盾运动置于我的诗歌创作的核心。我的诗歌从此获得了一种与散文的水平性鲜明对立的垂直形式，而水平的形式则一直持续不断地贯穿在我的诗歌作品、文学批评和理论随笔中。跨越(enjamber)，意味着超脱一切逻辑和排版格式的桎梏，从地平线的另一边走来。这条模糊不明的地平线依据基本呈水平延展的框架构造风景，但是同样也为风景敞开了那个如苍穹般崇高、如深渊般令人眩晕的垂直空间。

诗句的垂直性将要引领我更进一步探索的正是这种在地平线和理性之外的深度。那时我正在酝酿我的论文集《物质-情感》[①]，我渴望更深刻地挖掘语言的音响材料和图像材料，用另一种更为强烈的方式为语言灌注情感，对我而言，情感总是与诗性的体验相连。我感到诗句的形式似乎很适宜进行视觉性和音乐性的探索，韵脚与诗节的固定形式只不过提供了数量有限的潜在可能，诗句的许多其他潜能仍然有待发掘。只要诗人能够摆脱传统规则的束缚，并且能够发明出新的规则，为他的自由赋予一定的严谨性和协调性，这样便可以防止自己用简单易行的散文断句法来作诗，也可避免陷入太过自由而不知所云的境地。如今的诗人们尤其一味追求这种自由，以致他们的作品常常不堪卒读，因而也难于评价。

然而，就格律本身而言，除了在那些学究式的论著中以外，它从未像反对者们宣称的那样，是一具刻板的枷锁。有时候，格律会因为固定的形式而变得僵化，但是在其他时候，格律的结构也会包含一定的灵活性，可以产生种类繁多

① MICHEL COLLOT, *La Matière-émotion, op. cit.*

的变体。特别是就同一个格律而言,它可以允许多种多样的节奏变换,因而产生出丰富多彩的语义效果。内部或外部的跨行是这种自由性的最典型的体现,跨行的实践以语句和诗句之间实在而确凿的疆界为前提,目的是为了更好地模糊和挪移它们之间的界线。那个被视为刻板的格律,我们只需为他添加双腿:你们看,他那样忘情地回身,旋转,不再劳心计算脚下的步数。只有当我们不再那么拘谨地看待格律时,他的步履才会展现出如此从未有过的轻盈之态。于是,他翩翩起舞,轻松自如地跨越了一个又一个规则设置的障碍。

恒定之物变动起来。节拍器稳定持久的敲击是孕育和感受最难以预料的节奏韵律必不可少的条件。每酝酿一个音步,我都会回想起许许多多传统诗歌中的格律形式,它们拥挤着想要冲破我的诗歌大门。它们之中的某个格律有时会态度坚决,执意用一个均等的节奏形式机械而反复地敲击在我的心头,这个节奏将会网罗一切自然形成的事物,很快,话语的各个层级——句法、修辞和意义都将会以同样的方式自动地衍生。一成不变的规则催人入睡,传染着怠惰的情绪;而黄金法则就是不受束缚地、无规律地跟随这种怠惰情绪的引导。我会欣然接受一个韵律的邀约，只要它不以诗歌的主宰自居，不会把诗歌封闭在一个特定的格律系统内。为了避免整齐划一的规则带来的致命僵化，我始终都在变换着格律的形式，依据节奏、听觉和感官的要求从一个韵律过渡到另一个韵律。因此我重新发现了自由诗的初始形式，它的内涵正是不同韵律的多元化组合。在格律诗中总是唯我独尊的规则一旦失去了垄断地位，格律便不再是一个僵化的公式，而成了一个充满活力、能够源源不断产生流动韵律的格式（schème），成了一个永远都在生成和蜕变的形式，它将是一个**形成行为**（gestaltung），而非**完成的形态**（gestalt）。

诗句，这永动的恒定，是“无约束的规则”（布拉克语），是“运动的秩序”（柏拉图语）。诗句将雅各布森的对等原则与种类繁多的相异运动联结在一起，在我看来，唯有当这种相异运动以写作的地平线所象征的规则为准绳进行参照时，才有可能充分释放它的活力，变得极易感知。我通过组合那些来自诗歌传统的格律，从听觉上呈现出这种相异性与相似性的联结，为了从视觉上同样将其呈现，我采用了一种居中的排版，这种几乎过时的格式通常是用来为歌曲填词的。它的优势在我看来是可以建立起一个垂直的对称轴，凸显出长短不一的诗句之间的统一性和多样性。在发表上文提及的那首诗作时，我又对诗句进行了重新的布局：

写作入睡
一行接一行在死亡
的床榻上波痕一道接一道
浮现一张脸
跨越地平线
在清晨之拱的侧柱之间

我采用了这样的布局，希望用不规则交替的有限的两个格律形式、六音节诗句和八音节诗句，让眼睛和耳朵感受到一个充满生命力的韵律，这个韵律因为跨行的使用而向着无数的变奏开放。跨行让人们在诗体阅读和句法阅读之间迟疑。诗句和语句的界线在落差中如电磁波般相互干扰，进而飘浮游动起来，创造了一种节奏上和语义上的模糊性，一切标点的消除进一步促成了这种模糊效果，而且还松动了固定的意义，让朗诵的方式不再单一，为诗歌开放了多种多样的阐释空间。

这个内部协调又充满变数的形式对我来说当然承载着许许多多的价值和意义，或许是它们指引我选择了这个形式，但是如果没有这个形式的存在，价值和意义将不可能显现。这个形式-意义的合体既凝结了我最清醒的理论取舍和美学选择，又浓缩了我最无意识的种种幻觉和欲望。它传递了一种现代性的观念，正符合波德莱尔对现代性的定义，那就是在对朝生暮死的品味中抓住永恒，在对传统的反思中发现再创造的不竭动力，而不是把求助传统的行为视作一种倒退。因此，每一次跨行都在诗句与诗句的边界处注入了一股游移在连续与中断之间的全新的内在张力，这种内在的张力构成了诗句亘古不变的存在形态。跨行正是以这样的方式表达着生命与存在的连续性，尽管这种连续性总是会受到心脏间歇与身体衰退的威胁，但是依然不停顿地复活延续。我希望让跨行成为一种流动性的载体，我希望这种我在宇宙万物中处处感受到的流动性也可以进入我自己的语言。

跨行让人们能够感受到诗歌话语中固有的二元对立，

因为诗歌话语总是被句法和诗律这两个互相角力的建构原则抻扯。跨行在两者的夹缝中游移,在我看来,这个夹缝地带始终代表着诗歌真正的空间,它在本质上是过渡性的,并不能明确地在空间与意义之间划出一条二元分割的界线。正如那已成为我的栖居地的风景一样,跨行让我能够模糊内与外,主体与客体,肉体与精神,物质与情感之间的界线。对我而言,跨行是一个调动整个身体的动作:不仅手要书写跨越字母的竖直笔画,而且腿也要伴着节奏迈向前方,从一行诗句跳跃到另一行诗句。这个手腿结合的动作并非不带有情色的暗示——没有什么区域比夹缝更能撩拨性欲:缝隙、胯间、褶皱、嘴角,在这些身体极度敏感的部位上,人们能够感受到**间断**(hiatus)的眩晕、相互连接的欢乐以及连绵不绝的沉醉。

然而,是时候在这条自传的道路上停住脚步了,为了及时遏止公开忏悔和盖棺论定的企图,最好的结束方式莫过于把语言交还给诗歌。在下面这首小诗里,我们会再次看到那个把巴黎东部笼罩在绝美烟光中的工厂,这一次,我们站在巴黎十三区,望着它逆光矗立:

工厂喷吐滚滚

浓烟冲着

晨曦的脸旭日

的面颊隆起鼓胀

愈发变得红中透紫

容光焕发以一圈光轮环绕

云的城堡意大利广场的

姊妹双塔结对起飞

盘旋而上

一簇火焰擦着一块块玻璃蹿升

头晕目眩的你

掉转身体你看着

我的方向光芒

涌进了我的眼睛

厄帕福斯的启示

裸体，在我们的西方传统中，似乎与视觉感知有着异常紧密的联系。裸体在艺术上对应着一种绘画类型，即孤立地呈现一个裸露的身体形象。仅仅为了满足观视的欲望，色情画不再顾及形式与艺术，甚至把那些最私密、最隐蔽的身体部位招摇示众。如果说赤裸的意义就是无所不见(omnivisibilité)，那么上述的色情画就是对赤裸最完满的表现。

这种裸露的身体在我眼中极大地丧失了美学和情色的诱惑，它只有在披上一层难以察觉的薄纱时才能真正地释放魅力。这并不是说应该把这个我不懂观赏的身体遮掩起来，而是指在揭开它的真容时有某种东西逃脱了我们的目光。私处的缝隙是这个陌生身体的象征，这个身体却恰恰因为毫无遮拦而被我们的目光所忽视。

无论偷窥狂将房间里挂满镜面还是处处架起**摄像头**，任何装置部署都无法出其不意地捕获赤裸的秘密，世界上不存在绝对完整的赤裸。即便身体的全部细节都被暴露，人们也依然无法对它进行全方位的审视。除非身体被打开，或者变成一具死尸，成为解剖课上的研究对象。

一个裸露的身体让人们感知的东西并不完全是可见的。它召唤人们的目光去关注不可见之物，那才是赤裸的灵魂所在：那个不可见之物是淌遍整个炽热身体的生命之流，是能够从根本上区分主体的肉身（Leib）和客体的躯体（Körper）的精神之光。

一切绘画、摄影或素描艺术，都是为了彰显这种不可见性，让人们通过身体灿烂华美或堕落粗鄙的表象，去感受身体的存在之谜，让隐藏着灵魂的肉体因动情而颤抖，这个灵魂溢出了身体形象的轮廓，向着周围或明或暗的背景蔓延。

然而，为了做到这些，造型艺术还拥有眼睛以外的另一个工具：手。微妙的笔触对于裸体画的生命至关重要。此外，雕像在呈现给观者之前已经经过了雕刻家手指的塑造，它不仅是一个可供观赏的形式，而且还拥有光滑或粗糙的触摸质感，它的材料形状凸起，我们需要用触摸的手贴合它的弧线、凹陷和棱边。里格尔是首位对艺术作品的触觉研究法给予同视觉研究法同等重视的人。

如果有一种同时召唤触觉和视觉的对象，那么它一定是赤裸的身体。然而，**禁止触摸**的禁令似乎制约着这个身体通向艺术王国的权利。于是，违背禁令理应意味着屈服于最幼稚的幻想，或者屈服于我从人们的透视冲动中捕捉的欲望。在我看来，事实却并非如此。用触觉的方法研究赤裸，应该能够揭示出它许多不为人知的侧面，并且能够尊重赤裸的神秘感，视觉和视觉艺术却总是倾向于削弱这种神秘感。

因此，我决定向着这个熟悉又陌生的领域摸索前行，只有那些“通灵的盲者”如孩童和恋人，才对这个领域有着深彻的体悟。我将让他们担当我的领路人，去探索这个矛盾重重的隐蔽地带，我把这个地带命名为赤裸，目的在于将其与裸体（nu）加以区别，后者尽管具有美学上的意义，仍然是一个外在的客体。

*

当婴儿离开母腹的时候，赤裸的状态便将他暴露在一个敌对的环境中，而他对此毫无防备。赤裸是虚弱的表征，如果婴儿鲜嫩的肌肤不能及时与另一块肌肤相触，那么虚弱的状态将可能让他面临险境。当初生的婴儿蜷缩在母亲或父亲的怀抱里的时候，他发现这个如此令人害怕的世界原来也拥有一个内部。只有这个迎接的姿态才能让被上帝驱逐的人类在世间降生。爱的抚摸让婴孩逐渐适应这个新的环境，他学着与之建立起一种交流，就像分娩前在母亲腹中汲取营养时建立的那样亲密无间。

不同身体之间的生命交流，从此亦具有了象征的意义，触摸让分离的身体彼此相亲，却又不会相互混淆。这是一次最初的书写，指尖的走向唤醒了感觉，在肌肤之上开辟了一条条意义的道路。原始的文身。

终其一生，他都将通过语言或其他符号再度寻觅这种身体碰触的感觉，一旦失去了这样的交流，他便会重新陷入心无所依的困境。

*

触觉难道不是一切事物的起源吗？卜塔（Ptah），这位工匠之神在一架陶轮上，用他的手掌塑造了世界。伊娥和宙斯的孩子有一个美丽的名字：厄帕福斯，他在神的爱抚中诞生①。作为画家兼雕塑师的米开朗基罗，在西斯廷礼拜堂的拱顶之上所能做的，只是对《创世记》的第一节中提出自己的质疑。圣言的先存性（antériorité du Verbe）并非是颠扑不破的真理。如果说言成肉身，那么这是因为圣言曾经潜在地包含在那个肉身之中。艺术家抓住了造物与造物主行将分离却又将断未断的时刻，那个仍然将他们维系在一起的微弱却坚韧的联系正是他们手指的指尖。

少年们的爱情总是从**调情**开始，这个命名十分传神，两个年轻的生命因此可以通过轻轻触碰和一片片摘去雏菊的花瓣来感受对方②。人们把关于抚摸的科学称作触觉学，父

① 在希腊神话中厄帕福斯（Épaphos）是宙斯和伊娥的儿子。这个名字的本义是触摸，因为他是被宙斯用手触摸而诞生的。——译注

② 在法语中，“相互轻轻触碰”（s'effeurant）和“摘去花瓣”（effeuillant）词形相近。雏菊的花语是隐藏在心中的爱，恋人们通过一瓣一瓣地摘去雏菊的花瓣，来揣摩对方的心意。——译注

母们通过爱抚，在婴儿诞生之后甚至之前就能够与之沟通，为他消除初生时的不安，给他穿上被安齐厄称作自我-皮肤的隐形外衣。

在左手碰右手或右手碰左手这样简单的动作中，梅洛-庞蒂突然发现了一种反思的诞生之始，它并非“对意识的定义”的结果，而是来源于感觉本身所具有的自反性(réflexivité)。肌肤与肌肤相贴，身体同时成了触摸者与被触摸者，成了感觉的主体与客体。通过裸露的手掌，身体获得了对他者的认知，了解到自身对世界之肉的归属。

这个构建了自我身体的交错(chiasme)还定义了一种关于赤裸的伦理学，赤裸的身体只有在成为触摸者时才能够被触摸。相互性一定会成为必然，只要人们褪去了社会等级的标记，只要人们放弃了权力的冲突，正是这种权力的冲突支撑了人们与裸体之间所建立起来的视觉关系，无数舞台场景和绘画都印证了这一点，它们把一个裸露的身体大张旗鼓地呈现给一个或多个衣冠楚楚的观众。赤裸的触觉研究法意味着一种双向的感知与感觉，没有了相互的允诺，这种研究将变成绝对的侵犯。

*

当恋人们卸去了社会身份，他们并不仅仅以本然的面目赤诚相见，赤裸最终会将他们改变：他们共同发现了一个未知的维度。一旦相互靠近，彼此触摸对方，他们便不再是面对着面，而是肩并着肩。恋人们为了辨识对方而挣扎的努力开始被共生的状态（co-naissance）所取代。

恋人之间敞开了一个潜在的、过渡性的全新空间，这个空间属于他们，而他们也属于这个空间。这里进行的游戏与人类的历史同样古老，只不过游戏的参与者们需要不断创造新的动作。恋人们在厄洛斯的游戏中为他服务，成为他的事业的参与者，这位古希腊之神不仅推动了世界的运转，而且也搅动了恋人们的情欲。恋人们在那个将他们融合在一起的内-外合体中也获得了同样奇特的内-外相合的属性。

距离被打破，目光的绝对控制也被消除，恋人们共同拥有了一个本质上是触觉性的宇宙，那里的一切都是充满质感的。他们的皮肤和声音的粒子组成了这个宇宙的材质；交织缠绵的爱抚，相互交流的话语，以及亲吻，共同编织了宇宙这块布料的经纬，他们用拥抱的手艺将这块布料进行千百次的缝补，直至将它织就成一件披在身上的衣裳，闪烁着不可见的光芒。他们那相互交缠的身体很快便形成了唯一的肉体，这不仅是他们自己的肉体，同时也是世界之肉。

“人最深邃的地方，是皮肤。”（瓦莱里语）当欲望的磁力将两块皮肤吸引，某种磁场诞生了，在那里涌动着的能量之流会淌遍身体的每个角落，从而将两个身体融合在一起，让它们张开毛孔迎接宇宙中生命洪流的渗入。最肤浅的身体接触开辟了通向深邃之境的道路。

*

只有当人们用视觉的研究方法来看待裸体的时候，才可能认为裸体主义（nudisme）等同于某种不光彩的暴露癖（exhibitionnisme），裸体主义的追随者们更愿意将其称作天然主义（naturisme）。把赤裸的身体献给空气、水和阳光，这对他们来说首先是一种更亲密地贴近自然的方式。皮肤作为内部与外部的交界面，向宇宙张开了它的毛孔。

赤裸绝不是把身体孤立在一个完全清晰可视的形象

中，而是让身体避开目光的钳制，以便把它赠予触觉，因此，身体才能够面向他者、面向深不见底的自然开放。赤裸的光芒在一切意义和感觉上闪耀并向着所有的方向涌散。

所以，赤裸既不是字义主义的，也不是绝对完整的。客观主义者认为，赤裸的意义就隐藏在裸体者摆出的固定不动的姿势中，这便错失了其中的真义，因为赤裸“在客观的镜头中不易捕捉”[①]。一旦失去了不可见的皮肤，一个完整的裸体不过是一具只剩肌骨的人体模型。完全贡献给解剖检查的身体不再能够触动他者，也不再能够被他者触动，而是成了强暴的施加者和/或接受者。

字义主义对语言进行着类似的削减工作，宣称要剥除词语中的引申意义。这将意味着切断自己与语言的联系：语言不仅包括那些最鲜活灵动、总是能够一语双关的话语，而且也包括了全部的语言遗产，那里层层叠叠地积聚着每一个词语在自己的发展历史中获得的丰富意义。写作的任务就是去钻探意义的深度，去探索那些让语义场和词汇场相互沟通的边缘空间。每个词语独特的情感意义不在别处，而正

① FRANCIS PONGE, «Notes premières de l'Homme», *Proêmes* in *Œuvres complètes, op. cit.*, t. 1, p. 227.

隐藏在这个让意义震荡不定的流动的边缘空间之中。

字义主义妄图驱逐形象，然后再把那些单薄的文字重新展现在人们的眼前，却忘记了可见物本身其实也包含一种不可见性，召唤着想象力这第二重视觉。真正的赤裸需要隐喻来传导丰富的感觉和意义，这样的传导过程不仅在想象中进行，而且也正因为想象而得以实现。恋人们的语言发明了大量的隐喻：最直接的语言总是十分形象化的。

没有什么比字母更能体现字义主义的精神了。诗人只需停留在语言的表面，爱抚着词语的肌肤，与它的能指调调情，就可以传递意义了。两个相像的词语摩肩接踵，组合成一个新颖的意义。有时候，最表面化的组合却包含着最丰富的意义。组合词语的时候，不仅要分寸拿捏得当，因为词与词之间有时会出现过敏反应，而且还要手法细腻，因为一个词语的共鸣效果取决于我们在它身上施加的重音。重音创造了语句或诗句的高低起伏；而语调则由紧张与松弛的交替变化来决定。唯有一种微妙的触感才能够天衣无缝地配合重音和语调那起伏变幻的曲线。

文本中最微小的细节，是内触觉（toucher interne）这个人们知之甚少的感官的产物：肌肉的收缩，黏膜的蠕动，我们对这些内触觉都鲜有意识。对诗人来说,“思想在口中形成”(查拉语):思想从空气与极度敏感的发声器官的相触中诞生,如果我们细心留意,就可以感受到发声器官那极其细微的阈下运动。在这个“咽喉-口腔的舞蹈中”[①],舌头、上颚和硬腭,同声带一样交替着相互靠近又相互分离,随之而来的震颤既能产生音响效果,又可以通过触觉而被感知。用赤裸的嗓音进行书写,就是轻轻地搅动口腔中的气柱,从而获得这个用回声延续意义的“颤音”。

书写赤裸并不是对赤裸本身进行描写,因为它无边无涯又深不可测,书写意味着“召唤”(evoquer),意味着用一张图像和音响织就的网将它环绕,这张网编织得那样紧密,就如同恋人们相拥的手臂,如同他们与宇宙之间的盘根交错。兰波比其他任何人都更加懂得如何对赤裸进行书写:

> 在森林的边缘——梦中的繁花叮咚作响,闪烁,闪亮——橘色嘴唇的少女,双膝跪入草原中涌出的清亮的洪水里,少女的赤裸,彩虹、植物、大海向她抛洒倩

① ANDRÉ SPIRE, *Plaisir poétique et plaisir musculaire*, Paris, José Corti, 1986.

影，穿越她的身体，为她披上衣裳。[①]

这里的赤裸并不是绝对完整的：她被周围的世界“披上衣裳”。她没有任何字面指示的意思，“橘色嘴唇”的意象不是视觉的效果，而是亲吻的触感。赤裸的“少女”既亲近又陌生，她突然出现在诗歌里，模样清晰又神秘。就像在兰波式神话剧中的诸多人物形象一样，她伫立在现实与幻想的边界：“在森林的边缘”，在“梦中的繁花”丛中。她的身后是她将与之融为一体的风景：“双膝跪入草原中涌出的清亮的洪水里”，她的姿势体现了将她的身体与世界之肉结合在一起的交错（chiasme）。她融化在宇宙中，而宇宙也同时被赋予了人的特征。赤裸不再是少女自身独有的特征，因为自然中的景物——“彩虹、植物、大海”都把她“穿越”。所有的感觉都相互沟通，共同促成了一种在身体和宇宙之间，既是换喻性又是隐喻性的渗透。

明亮灿烂的赤裸之境含蓄地隐现，与之相呼应的是兰波式意象散发的晦暗的光泽，他的意象总是能够拉近那些

① ARTHUR RIMBAUD, «Enfance» in *Illuminations* in *Œuvres complètes, op. cit.*, p. 122.

相隔最远的词语，更多地是在隐藏而非揭示意义。通过相同韵律（这里主要是三音步韵律）的反复强调，通过一种由音响和声与跨越词句边界的相邻意义组成的紧实精密的材料，感官知觉的**连续性**（continuum）在诗歌的表层绵延不绝。义素和能指在诗行中散开，组成了某种语音-语义的云团，显现出赤裸在词语的字面意义和所有的意义与感觉中产生共鸣的力量。

与客观主义呈现的那个固定在轮廓中的裸体相反，抒情诗表现的是赤裸那不住流动又激荡情感的云团。当伊克西翁[①]拥抱云朵的时候，他或许要比我们想象得更加接近真正的赤裸：那个将燃烧情欲的身体融入宇宙运动中的赤裸。

*

在对赤裸的研究方法的探索接近尾声之际，我希望再次强调赤裸的几个特征，由于它们从根本上有别于我们习

① 伊克西翁（Ixion），希腊神话中的男性人物之一。在他追求宙斯的妻子赫拉时，被宙斯猜中心思，宙斯将一朵云做成赫拉的形状，伊克西翁便上前拥抱，与云朵合为一体。——译注

惯上对裸体的定义，因此我希望人们可以从这些特征中发现一种伦理学意义和美学意义上的取舍。我有些刻意地突出赤裸与裸体的对立，即便这可能显得对后者有失公允。我用裸体来衬托赤裸，并不是为了打击以裸露的身体为描绘对象的那些令人钦佩的艺术作品或文学表达，而是为了质疑它所提供的一种可能性，或者说一种诱惑。当代艺术与文学常常无法抵制这种诱惑，从而让当今社会的审美趣味和道德规范都被迫接受一种关于赤裸的歪曲形象。

裸体是透视冲动的对象，为了更好地捕捉裸体，透视的冲动便把它的形象孤立出来，固定在一个姿势里；而赤裸则出现在相互触摸的体验中，她不是一个客体对象，而是一种在两个主体之间共同分享的体验。因此，赤裸是侧面性的，而非正面性的。她是运动不定、牵动情感的，而裸体意味着模特的固定不动和艺术家的冷漠无情。赤裸在她的周围展开了一个超越一切形象轮廓的流动空间，因而她能够与背景、与这个属于世界之肉的微妙的身体相互沟通。

面对裸露的身体，以上两种不同的态度对应着两种截然不同的诗学主张。一种宣称以最详尽、最客观的方式描绘裸体，在使用语言时严格拘泥于词语的字面意义。而对于另一种试图探索一切意义的抒情召唤，由于字母和裸体都不能向着一切意义和感觉开放，所以这种诗学主张选择把词语变成情感的导体，并同时调动图像、节奏以及音响和声的丰富资源。

既然受到了词性巧合的指引，那么我们不妨就此特别指出，当裸体没有被刻意强调为中性时，它难道不是更鲜明地带有男性的烙印吗？而赤裸则如同皮肤一样是蕴含女性气质的：她意味着需要一种接纳的能力，一种对不可见的敏感，总而言之，一种灵敏和细腻，希望这种品质不是仅仅为女性所独有……

结　语

“世界并未终结”

在我看来，诗歌所涉及的对象，归根结底是世界，或者说是我们在世界中生存、成为世界一部分的能力。然而，这两者其实又是同一回事。因为，假如没有了能够在世界中生存的个体，那么世界又将会是什么样子？自从现代性诞生伊始，许多诗人都曾迫切地渴望重新发出波德莱尔那句沉重的预言：“世界即将终结。”今天，人们不乏理由对这样的预言表示认同。

人类勉强躲过了世界末日的劫难，但是这个星球仍然被判以了缓刑。焚尸炉里冒出的灰烟不停地在人们的精神中四散纷飞。广岛和切尔诺贝利核电站上空的蘑菇云仍然在悄无声息地污染着人们的身体。世界支离破碎。数不尽的原子跳动着死神之舞，在物质的夜空中刮出一道道沟痕；

在我们难逃一死的躯体里，细胞组织相继以缓慢的速度分裂解体。家庭和城市的传统联系变得越发松散，任凭个体漫无目的地流浪。信仰的面纱化作尘埃掉落，露出了某个神明空荡荡的坟墓，那里只剩下他散落一地的骸骨。现实溶解成图像像素或信息比特，它们仿佛无数电子雪花，在我们难以入眠的深夜里，在那张漆黑的屏幕上纷纷扬扬地飞舞。

世界似乎缩小了。从地球的一端到另一端，国际化不停复制着它那无视地域天性的模型，将起伏的风景磨平，然后再给所有的城市都安装一张一模一样的面孔。在城市的外围郊区，立交桥和机场让目的地之间轻易地连通；这些排斥地（lieux d'éjection）式样相同的背景抹杀了选择地（lieux d'élection）的古老城市原有的独特性。[①]宇宙于是变成了单调乏味的大型郊区。由于拉近了地球上相隔最远的那些地点，电视和电信工具扼杀了遥远距离产生的种种

① 参见法国当代人类学家马克・欧热（Marc Augé）的著作《非场所》（*Non-lieux*, Paris, Le Seuil, 1992）。在这部著作中，欧热提出"场所"是一个"有认同性、关联性、历史性的"空间。而与之相反的则是"非场所"，它缺失了"场所"的特征。本文中的"排斥地"即对应"非场所"，如立交桥和机场等是仅仅指向目标的过渡空间。而本文中的"选择地"由于保留了历史和人类活动的遗迹故而对应"场所"。——译注

差异。信息的普及化和即时性破坏了让人们能够感受世间距离的时间跨度。探险的进步在我们的世界地图上扫除了许许多多未知地带，它们曾经激发了无数孩童和诗人的梦。全球网络从此无处不在；互联网上的游客们在区区几英寸的海洋上冲浪。虚拟世界取代了可能性与不可能性之间的地平线，而这条地平线曾经一直是丈量这个世界的尺度。

或许，我们的确见证了我们这个时代世界观的转变，从古人的有限的宇宙观到现代人的宇宙无限论，我们的转变或许与人类历史中的过渡同样深刻。然而，当巴黎的旭日升起时，纽约还沉浸在一片黑夜中。对于我们，就像对于我们的祖先一样，太阳和月亮依然继续着它们围绕地球运行的圆形轨道，而拱形的地球也仍旧固执地在我们脚下纹丝不动。这些表面现象对所有人来说都比望远镜和显微镜中的实际情况更加真切。这些表象所编织的感性世界与数学和天文学研究的抽象宇宙相比，蕴含着更为丰富的感觉和特质，而且具有同样无限广阔的空间，只要我们仍然能够信任那最古老的丈量工具——身体带给我们的各种指示。当我们行走在路上，仍然是我们目力所及的范围提示着即将走过的距离，仍然是我们四肢的疲惫感宣告了完成路程所用的时间。我们的饥饿感、困顿感以及自然苏醒的状态都是我们的生物钟,不断地为我们的日常生活调整节奏。当我们相聚一堂分享佳肴的时候,我们印证着自己在同一个大家庭中的归属,那里从人类诞生伊始便升起了篝火。

我们从此生活在两个世界之间:一个是科学的世界,它不停地为我们带来新鲜的信息;另一个是感觉体验的世界,它不仅拥有我们熟悉的外部轮廓,同时也通过它的地平线与我们沟通交流。经年累月,各个民族的语言从中采集了差异最细微的感觉色谱,其中仍有许多微妙的感觉有待后人去探寻表达的方式。只要这些自然语言今后不会被简化成某种世界语言或者被单纯地视作一个基本的交流工具,那么它们就会继续保护着我们的历史记忆和多元化的未来。在使用这些自然语言时,我们每一个人都把世界看作一个既同一又独特的形象,这个形象可以被语言表达,但是不能被简化成其他任何事物。通过探索这些自然语言,我们每一个人都能够“诗意地栖居”,也就是说,能够为自己和他人勾勒出一条地平线,它让我们得以在认知的国度里安顿,同时又可以向着未知的领域开放。

正因如此,“世界并未终结”:这正是贝尔纳·诺埃尔在一首诗的开篇[①]做出的断言，仿佛我们必须推动世界重新运转才能够开启诗歌的创作。然而，不要就此臆断诗人对事物和精神的当前状态抱有平和的乐观主义精神或过度宽容的态度。贝尔纳·诺埃尔曾经用最敏锐的头脑分析了那些禁锢我们的世界观又造成我们视野萎缩的新机制，并且以“精神阉割”之名对这些机制进行了言辞最为激烈的抨击。但是，正因为存在着这样的危险，他才将重构世界的任务交付给了诗人和艺术家，这个新的世界既没有边界的限制，又永远不会有创造的终结。

无限繁殖的信息和图像铺天盖地地向我们袭来，我们有限的身体和寿命允许我们在生命时间划出的一条界线之内对信息和图像进行筛选和组织，并且还可以为它们赋予意义，让它们能够以前所未有的方式建立起相互之间的联系。这个地平线的结构是我们用以丈量世界的尺度，同时也让世界面向无限可能的知识和创造开放。正因为世界是由无数地平线综合而成的视域（horizon des horizons）[②]，所

① BERNARD NOËL, «*L'Été langue morte*, chant un» in *La Chute des temps*, Paris, Gallimard, «Poésie», p. 79.

② horizon除“地平线”之本义以外，还有“视界、眼界、范围”等引申义。——译注

以世界将永远不会终结：每当我们进入一种全新的体验，获得一个从未有过的语言表达时，这个世界就会再度构建，幻化成新的形式。而诗人就是那个通过不断发明新的语言，来努力延续世界创造的人。因为，语言同世界一样，不是一个有限而封闭的系统，而是一个开放的结构，是一个资源丰富却同样约束繁多的潜在空间。诗歌通过挖掘语言的种种可能性，不断探索着世界的多元视域。这并不是一个全新的任务，诗人自始至终都在同语言和视觉再现法的僵化状态进行着持之以恒的斗争。

为了对抗成见、解构定式（stéréotypes），就必须重返意义生成的源头，回归我们的感性体验，然而，很大一部分当代文学和艺术的实践都偏离了这个方向，转而发展了一种抽象艺术和一种纯粹形式化的实验，这些实践最终走向空洞，也让我们离世界越来越远。观念艺术尤其刻意地回避世界，而它之所以特别受到权力机构和当权者们的青睐，也绝非偶然。原因在于，观念艺术用观念的方式把自己生产的作品削去了感性的厚度，因而也清空了作品的意义，除非转而用某种强横的意志为这个作品强加一个意义。艺术如果既不能与感觉交流，又不能与完整的身体沟通，那么，艺术引人深思将成为一句妄言。感性体验是一种真正的思考方式，它为世界赋予了一个向着所有感觉和意义开放的意义，同时又容纳了这个意义的全部生命存在。

每时每刻，世界都在等待从遗忘和毁灭中获救。我们每一个人都有义务在世界中放入一个身体宇宙：

> 让我们，在这冬夜里，从海角到海角，从喧哗的地极到城堡，从熙攘的人群到沙滩，从目光到目光，力量和疲倦的感觉，喊他，看他，抛出他，在海潮之下，在雪原之上，追随他的目光，他的呼吸，他的身体，他的光明。[①]

① ARTHUR RIMBAUD, «Génie», *Illuminations*, in *Œuvres complètes, op. cit.*, p. 154–155.

名家文学讲坛书目

《新千年文学备忘录》

▪[意] 伊塔洛·卡尔维诺 著 黄灿然 译 15.00元

《阅读的至乐：20世纪最令人快乐的书》

▪[英] 约翰·凯里 著 骆守怡 译 18.00元

《修辞的复兴：韦恩·布斯精选》

▪[美] 韦恩·布斯 著 穆雷 等译 29.80元

《愉悦与变革：经典的美学》

▪[英] 弗兰克·克默德 著 张广奎 译 15.00元

《文学体验导引》

▪[美] 莱昂内尔·特里林 著 余婉卉 张箭飞 译 28.00元

《文学在思考什么？》

▪[法] 皮埃尔·马舍雷 著 张璐 张新木 译 32.00元

《文学是什么？高雅文化与大众社会》

▪[美] 莱斯利·菲德勒 著 陆扬 译 30.00元

《政治与文学》

▪[英] 乔治·奥威尔 著 李存捧 译 38.00元

《以文行事：艾布拉姆斯精选集》

▪[美] M. H. 艾布拉姆斯 著 赵毅衡 等译 35.00元

《艺术的去人性化》

▪[西] 何塞·奥尔特加·加塞特 著 莫娅妮 译 26.00元

《现代诗歌的结构》

▪[德] 胡戈·弗里德里希 著 李双志 译 28.00元

《如何读，为什么读》

▪[美] 哈罗德·布鲁姆 著 黄灿然 译 30.00元

《知性乃道德职责》

▪[美] 莱昂内尔·特里林 著 严志军 张沫 译 48.00元

《文学的绝对：德国浪漫派文学理论》

■ [法] 菲利普 · 拉库—拉巴尔特 让—吕克 · 南希 著
张小鲁 李伯杰 李双志 译 32.00元

《我：六次非演讲》

■ [美] e. e. 卡明斯 著 张定浩 译 22.00元

《阅读ABC》

■ [美] 埃兹拉 · 庞德 著 陈东飚 译 35.00元

《一颗智慧的心》

■ [法] 阿兰 · 芬基尔克劳 著 张晓明 译 28.00元

《现代性的五副面孔》

■ [美] 马泰 · 卡林内斯库 著 顾爱彬 李瑞华 译 68.00元

《论历史与故事》

■ [英] A. S. 拜厄特 著 黄少婷 译 38.00元

《文章家与先知》

■ [美] 哈罗德 · 布鲁姆 著 翁海贞 译 55.00元

《史诗》

■ [美] 哈罗德 · 布鲁姆 著 翁海贞 译 59.00元

《短篇小说家与作品》

■ [美] 哈罗德 · 布鲁姆 著 童燕萍 译 52.00元

《小说家与小说》

■ [美] 哈罗德 · 布鲁姆 著 石平萍 刘戈 译 98.00元

《诗人与诗歌》

■ [美] 哈罗德 · 布鲁姆 著 张屏瑾 译 98.00元

《剧作家与戏剧》

■ [美] 哈罗德 · 布鲁姆 著 刘志刚 译 65.00元

《影响的剖析》

■ [美] 哈罗德 · 布鲁姆 著 金雯 译 59.00元

《叙事的理论》

■ [奥地利] 弗兰茨 · 施坦策尔 著 王绪梅 译（即出）

《如何遣词造句》

▪ [美] 斯坦利·费希 著 杨逸 译（48.00元）

《身体·宇宙》

▪ [法] 米歇尔·高罗 著 朱江月 译（48.00元）

《快时代的慢阅读》

▪ [美] 戴维·麦奇克斯 著 陈丽 译（即出）

《现代诗》

▪ [德] 迪特尔·兰平 著 黄雪媛 译（即出）